LES

CHANSONS DE L'ATRE

LITTÉRATURE CONTEMPORAINE

QUARANTE-QUATRIÈME VOLUME

LES
CHANSONS DE L'ATRE

POÉSIES

PAR

Auguste Blondel. — Gabriel Monavon
Eutrope Lambert — Aristide Jalade. — F. Bailan.
Ferdinand Bailly — Mme Louise R
Emile Maheut. — L M Poussereau. — Mme N Boulanger.
J. Lambert — L'Abbé Dulhu. — A de Meunynck.
Pascal. — J Foxonet. — J. Courdil.
Quincampoix. — Poutignac de Villars. — J A. Giustiniani.
M. Rigal — G. Bertrand. — A. Laley. — Aristide
Carénou — Georges Gillet, etc , etc.

PUBLIÉES PAR

ÉVARISTE CARRANCE

Officier de l'Instruction Publique
Commandeur de l'Ordre de Saint-Marin

AGEN

Librairie du Comité Poétique et de la Revue Française

6 - RUE PUITS DU SAUMON - 6

1890

LITTÉRATURE CONTEMPORAINE

QUARANTE-QUATRIÈME VOLUME

LES CHANSONS DE L'ATRE

POÉSIES

PAR

Auguste Blondel. — Gabriel Monavon.
Eutrope Lambert — Aristide Jalade. — F. Bailan.
Ferdinand Bailly. — Mme Louise R.
Emile Maheut. — L. M. Poussereau. — Mme N. Boulanger.
J. Lambert — L'Abbé Duthu. — A de Meunynck.
Pascal. — J. Foxonet. — J. Courdil.
Quincampoix. — Poutignac de Villars. — J. A. Giustiniani.
M. Rigal. — G. Bertrand. — A. Laley. — Aristide
Carénou. — Georges Gillet, etc., etc.

PUBLIÉES PAR

ÉVARISTE CARRANCE

Officier de l'Instruction Publique
Commandeur de l'Ordre de Saint-Marin

AGEN

Librairie du Comite Poetique et de la Revue Française

6 - RUE PUITS DU SAUMON - 6

1890

AGEN

IMPRIMERIE VIRGILE LENTHÉRIC

12, Rue de Cessac, 12

MARGUERITE

I

J'aime les bois profonds, les demeures tranquilles,
Loin des froids monuments qui décorent les villes !
Sous le chaume, on sait mieux adorer l'Eternel,
Et le cœur ingénu vaut le plus riche autel.
Le peuple amoindrit Dieu, par ses pompes vulgaires,
Par le velours et l'or des plus beaux sanctuaires,
Qui désignent un siecle aux instincts orgueilleux,
Plus qu'ils ne sont l'écho de cœurs vraiments pieux.
Aux champs, l'esprit se fait une douce croyance
Et l'image de Dieu... c'est la nature immense.
J'aime les champs.

J'allais bien souvent autrefois.
Dans un humble logis perdu dans les grands bois
Où vivait une honnête et paisible famille.
Ils étaient trois : le pere et la mère et la fille,
Vrais amis qui vivaient, souriants et heureux,
D'un travail que le Ciel accordait à leurs vœux.

La fille avait seize ans, se nommait Marguerite ;
Lorsqu'elle était encor frêle, et toute petite
J'assistais invisible à ses jeux enfantins ;
Je la voyais grandir un peu, tous les matins,
Ainsi qu'un doux roseau que le vent du soir penche,
Elle avait tout l'éclat de la fraîche pervenche,
Et son cœur, — diamant et perle de l'azur —
Pouvait se comparer au lac limpide et pur.
Le pere l'appelait .. la fleur de sa couronne,
Et tous les malheureux disaient : c'est la madone,
A la mère aux doux yeux, qui pensait clairement
— Cette douce madone... eh bien ! c'est mon enfant !

II

En hiver, je partais, un fusil sur l'épaule
Et Blonde à mon côté, sautant comme une folle ;
Je marchais lentement, prenant a pleins poumons
L'air aromatisé des ravissants vallons ;
Le soleil quelquefois venait dorer les cîmes
Des grands monts qui cachaient de frémissants abîmes,
Le ciel était charmant, j'arrivais tout rêveur
Ecoutant les chansons que me disait mon cœur,
Et ne songeant jamais, c'est un délit de chasse,
A tirer le perdreau, la grive où la bécasse.
On m'accueillait alors en me tendant la main,
Et j'étais entouré comme un soldat romain,
Arrivant surchargé de gloire et de carnage.
La mere m'embrassait... et la fille plus sage
M'approchait une chaise autour du grand foyer,
Où près du sarment sec, flambait un arbre entier.
Le pere murmurait : il fait bien froid. — Sans doute,
Reprenait Marguerite, et, sur la grande route
A regarder voler les beaux oiseaux des cieux.
On arrive en retard.
Et sous les deux grands yeux

De la mutine enfant, je sentais une flamme
Etreindre mon esprit et dominer mon âme.
Espoirs bénis, moments d'extase où le Seigneur
Semble verser l'amour, sans mesurer le cœur.

III

Qu'êtes-vous devenus, jours remplis d'allégresse,
L'ineffable bonheur caressait ma jeunesse
Et tissait de fils d'or l'avenir incertain.

Mais qui saura jamais lire au fond du destin !

Un jour, ô désespoir ! la mort aux pas funèbres
Dans la sainte maison répandit les ténebres.
La mort vint, et toucha le front pur de l'enfant.

Les étoiles brillaient dans le pur firmament...
Le pere épouvanté proférait un blasphème,
Et la mere, à genoux, baisait la face blême
De l'être bien-aimé dont la voix expirait ;
Frissonnant, je voyais l'enfant qui se mourait ;
Et mes ongles fouillaient les chairs de ma poitrine.
Hors de moi, je courus cacher sur la colline
Les sanglots de mon être et les cris de mon cœur !
Et, lorsque je revins, ô fatale douleur,
Le vent lugubre et froid troublait seul le silence.
Naif, je souriais encore à l'espérance,
Et du logis, déjà, j'apercevais le seuil
Lorsque j'en vis sortir un sinistre cercueil !

EVARISTE CARRANCE.

LE TRAVAIL

POÈME

I

Lorsqu'Adam eut péché, lorsque séduit par Eve
Il eut mangé du fruit de l'arbre defendu,
Il lui sembla soudain qu'il s'éveillait d'un rêve,
Il entrevit son crime et se sentit perdu.
Et comme il se cachait sous l'ombre impénétrable
Des arbres du jardin, une voix l'appela
Qui jeta la terreur dans l'âme du coupable :
— « Adam, où donc es-tu ?— Seigneur Dieu, je suis là ! »

Et Dieu lui dit : « Adam, dans ma bonté première
Je comptais te donner ce merveilleux séjour,
Ici tu devais vivre au sein de la lumière
Des parfums et des fleurs, au sein de mon amour.
Toute chose créée était en ta puissance,
Et les bêtes des champs, et les oiseaux des airs ;
Je ne te demandais que ton obéissance
Sur un seul point,... et c'est ainsi que tu me sers !
Homme, puisque ton cœur est si vil et si lâche,
Puisqu'à l'esprit malin tu n'as point résisté,
Tu devras desormais travailler sans relâche,
Tu n'obtiendras ton pain qu'en l'ayant mérité...
Tu connaîtras la lutte inexorable, amère,
Le desir incessant toujours inassouvi,
Et tu conserveras tout le temps sur la terre
L'ineffable regret du ciel qui t'est ravi. »

. . . .

Dieu dit. Et le soleil perd ses flèches vermeilles
Les arbres aux fruits d'or pleins de chansons d'oiseaux,
Les parterres de fleurs pleins de chansons d'abeilles,
Et les prés verdoyants aux murmurantes eaux,
Tout l'Eden s'abîma dans une nuit profonde...

Adam se trouva seul avec Ève, jeté
Sur un sol étranger, et dans ce nouveau monde
Où devait désormais vivre l'humanité !

Après avoir erré bien longtemps dans la plaine
Et déchiré leurs pieds aux cailloux du chemin,
Ils s'assirent tous deux. La nuit était prochaine.
Ève dit : « Je suis lasse, et j'ai froid, et j'ai faim. »
Alors Adam poussa sous l'horizon sans borne
Un cri de désespoir... Pour la première fois
Il invoqua son Dieu, mais rien sous le ciel morne
Ne parut l'écouter ni répondre à sa voix.
Il aperçut soudain un oiseau dans l'espace,
Il saisit une pierre et l'oisillon tomba ;
D'autres passaient encor qui grossirent sa chasse,
Puis c'est à la forêt qu'il livra son combat :
A travers les fourrés, à travers les ravines
Il allait, arrachant et brisant les rameaux,
Il allait, et son front saignait sous les épines
Et son corps fléchissait sous de pesants fardeaux ;
Il allait... et sa gerbe en une heure fut faite,
Et comme à l'horizon montait l'astre des nuits
Le visage en sueur, saignant, mais l'âme en fête
Aux pieds d'Ève il posa des branches et des fruits.
De ces branches Adam fit pour sa bien-aimée
Un berceau de verdure, un nid tissé de fleurs,
Il jeta sur le sol de l'herbe parfumée
Où la menthe et le thym mariaient leurs odeurs.

Le repas terminé, la nuit étant venue,
Adam se retourna vers Ève qui dormait ;
Il lui montait au cœur une ivresse inconnue,
Il sentit qu'il aimait sa femme, qu'il l'aimait
D'un amour tout nouveau plus puissant et plus tendre :
— Il avait travaillé pour elle, il l'aimait mieux.—
Il la préférait faible, afin de la défendre,
Triste, afin d'essuyer les larmes de ses yeux !

Le labeur bienfaisant éveillait sa pensée :
« O Dieu ! s'écria-t-il, doux est ton châtiment !
Ma peine d'un instant est plus que compensée,
Eve m'a dit merci ! ce soir en s'endormant ! »

Alors dans le parvis fleuri de la chaumiere
Entrèrent les epoux. Et les cieux étoiles
N'éclairerent jamais de leur pâle lumiere
De couple plus heureux que ces deux exilés !

II

O travail sois béni ! punition sublime
Tu fais courber le front des plus grands sous ta loi !
Mais ce n'est qu'en montant qu'on découvre la cîme :
L'homme ne saurait pas tout ce qu'il est, sans toi !

Il aurait dans l'Eden coulé des jours de fête
Ignorant les soucis, les remords et les pleurs
Au sein d'une nature idéale et parfaite,
Et dans l'enivrement de rêves enchanteurs.

Il n'aurait pas connu l'âge, la maladie
Et surtout la terreur suprême de la mort ;
Mais rien n'aurait vibre dans son âme engourdie
Rien ne l'aurait poussé à prendre son essor.

Non, ce calme bonheur sous un ciel sans nuage
Aurait rabaissé l'homme, et Dieu ne voulut pas
Que celui qu'il avait fait à sa propre image
Vécut de cette vie analogue au trépas ;

Aussi dans sa justice il prononça la peine :
— Le péché méritait le travail infâmant, —
Mais sa miséricorde allégea cette chaîne,
Et la rédemption sortit du châtiment !

O travail sois béni ! car ton joug salutaire
Ne rend point l'homme esclave ; il le force à lutter,

Et l'âme, en ces combats incessants de la terre
Retrouve sa grandeur et se sent palpiter.

Il faut donc la chanter cette lutte féconde,
Qui nous a transformés et qui nous rend meilleurs ;
Le travail nous a fait les monarques du monde
Nous moissonnons les blés arrosés de nos pleurs.

O dîtes, travailleurs, la douceur sans pareille
De l'obstacle vaincu, de l'effort accompli.
Qu'importent à présent la fatigue et la veille ;
Du produit de nos champs le grenier s'est rempli.

Le labeur obstiné transperce tous les voiles ;
Savant, te souvient-il de tes calculs sans fin
Maintenant que tu sais le secret des étoiles
Et l'ordre qui régit le firmament divin !

C'est ce même travail, homme riche, qui garde
Des assauts du démon ton cœur mal défendu,
Et qui jette en passant au fond de la mansarde
Le rayon d'espérance et le pain attendu.

Levez-vous et parlez, ô phalange bénie
Poètes et penseurs, chercheurs de tous les temps,
Vous qui fûtes l'honneur, la gloire et le génie
De notre humanité, levez-vous, combattants !

Célébrez ce travail qui vous rendit sublimes !
Vous avez avec lui sondé les profondeurs
Percé les continents, escaladé les cîmes,
Et vos chants immortels ont transporté nos cœurs !

O lutte précieuse où s'épure notre âme,
Nous ne voulons plus voir en toi le châtiment :
N'es-tu pas la fournaise à l'haleine de flamme
Qui du charbon grossier fait le pur diamant !

AUGUSTE BLONDEL.

LES ADIEUX DE JEANNE D'ARC A VAUCOULEUR

*Fragment de la Légende épique de l'*Ange de la France

I

Quels transports inconnus exaltent ma jeune âme ?...
D'où vient que je frémis?... D'où vient que je m'enflamme
Comme dans la prairie un généreux coursier
Tressaillant aux éclats de l'instrument guerrier?...
Je sens, je sens en moi que le Seigneur m'appelle;
Sa sainte volonté clairement se révèle :
Je ne respire plus que les sanglants combats,
Le tumulte des camps, les belliqueux fracas ;
Un invincible élan m'emporte, échevelée,
Au milieu des horreurs de l'ardente mêlée...
J'entends gémir la terre au choc des escadrons,
L'épouvante souffler aux bouches des clairons,
Et jusqu'au sein des nuits, dans mes songes de flamme,
Ces échos de la guerre envahissent mon âme !...

II

Quand tu parles, mon Dieu, nous devons obéir,
Et ma mere m'a dit qu'il valait mieux mourir
Que d'enfreindre tes lois et ta sainte parole.
A tes ordres divins, aujourd'hui je m'immole :
J'irai dans les cités, moi, vierge du hameau ;
Pour le glaive ma main quittera le fuseau ;
L'étendard des combats deviendra ma houlette ;
Le casque, au lieu de fleurs, ombragera ma tête ;
Et la dure cuirasse et l'acier, sur mon sein,
Remplaceront la bure et le corset de lin
Devant moi les créneaux, les tours et les murailles
Crouleront foudroyés .. car l'ange des batailles,
Sur mon front, déploira ses deux ailes de feu,
S'il est vrai que je sois ton élue, ô mon Dieu !...

III

Mais où suis-je ?... Que vois-je ?... et quels transports [m'inspirent !...]
De l'avenir, pour moi; les voiles se déchirent...
A moi, nobles héros !... A moi, preux chevaliers ?...
Sur mes pas, au combat ramenez vos guerriers.
Serrez, serrez vos rangs, fiers enfants de la France...
Montjoie et Saint-Denis !... Que ce cri de vaillance
Fasse frémir l'Anglais, et, sur ses étendards,
De honte et de douleur gémir les léopards. .
Parmi ces tourbillons de fumée et de flamme,
Victorieuse enfin s'élève l'oriflamme.
Le jour de délivrance a brillé sans retour...
Toi qui fis tout trembler, tyran, tremble à ton tour,
Ton pouvoir exécré disparaît dans la poudre,
Et, sur toi, Dieu lui-même a déchaîne la foudre !...
O France ! O ma patrie ! Ah ! de ton sol sacré,
Je vois s'enfuir l'Anglais de honte dévoré,
Comme le loup chassé loin de la bergerie...
Triomphe à toi ! Victoire, ô ma belle patrie !...
Océan ! Océan ! engloutis dans les eaux
Le reste des brigands qui fuit sur ses vaisseaux,
Et que leurs corps, vomis sur ton aride plage,
Des chiens et des vautours assouvissent la rage !...
. . . .
. . . .

IV

Mais il faudra quitter les champs de Vaucouleur,
Et ses vallons fleuris et ses vertes montagnes,
Et ma mère et mes sœurs et mes tendres compagnes,
Tout ce qui fut pour moi repos, amour, bonheur...

Il faudra quitter ma chaumière
Auprès du ruisseau bien aimé,

Et ce ciel bleu dont la lumière
Est si douce à mon œil charmé.

Frais séjour ! où près d'une mère
Mes jours s'écoulaient dans la paix,
Ainsi qu'une onde solitaire
Sous l'ombrage des bois épais.

Suspendus au flanc des collines,
Je ne verrai plus mes troupeaux,
Du cythise ou des églantines
Dépouiller les jeunes rameaux

Je ne viendrai plus, dès l'aurore,
Tresser des couronnes de fleurs,
Sous la feuillée humide encore
Dont la brise sèche les pleurs.

Tel qu'au milieu de la prairie,
Bondit gaiment l'heureux agneau
Qui paît l'herbe tendre et fleurie,
Et qui s'abreuve au clair ruisseau ;

Ainsi dans ce riant asile,
Je coulais des jours fortunés :
Ma vie était simple et tranquille,
Mes goûts purs, mes désirs bornés...

J'aimais, à l'heure de silence,
Où la nuit tend son voile noir,
Ecouter le chant que balance
Dans les airs la cloche du soir.

J'aimais dans les beaux jours de fête,
Au milieu des vierges, mes sœurs,
D'un long voile couvrant ma tête,
Sous une couronne de fleurs,

A tes pieds, ô Vierge Marie !
Soupirer de pieux accents,

Et mêler mon âme attendrie
Aux flots embaumés de l'encens.

Il m'était doux, quand l'indigence
En pleurant me tendait la main,
De compâtir à la souffrance
Du vieillard ou de l'orphelin.

J'allais, sous chaque toit de chaume
Qu'avait visité le malheur,
A toute plaie offrir le baume,
La prière à toute douleur...

Il faut les fuir, ô peine extrême !
Ces lieux où j'ai reçu le jour ;
Ces lieux où vit tout ce que j'aime,
Les fuir... peut-être sans retour..

Chastes plaisirs, heureuse ivresse,
Charmes des baisers maternels,
Jours de candeur et de tendresse,
A vous mes regrets éternels !

Frais abris, vallons solitaires,
Fontaines, bois mélodieux,
Retraites riantes et chères,
Recevez mes derniers adieux...

Comme un lis, roi de la prairie,
Qui s'ouvre aux baisers du zéphyr,
Et qu'abat la faulx ennemie,
Ma jeunesse va se flétrir...

Ma jeunesse, fleur éphémère,
Va se faner en son printemps,
Car, seule, hélas ! et sans ma mère,
Je dois affronter les autans !...

V

O champs de Vaucouleur ! solitude muette,
Cher asile où s'éteint le bruit de la tempête,
Ah ! que ne puis-je, hélas ! cachée à tous les yeux,
Consumer dans ton sein mes jours purs et joyeux !...
Que ne puis-je toujours, humble, douce bergère...
Mais non.. du Tout-Puissant terrible messagère,
Je me dois revêtir de son courroux vengeur,
Pour briser les complots d'un sinistre oppresseur.
Ainsi le ciel l'ordonne, et du Tres-Haut lui-même,
Geneviève a, vers moi, porté l'arrêt suprême...
Mon Dieu ! pour arracher aux fureurs d'Albion,
La France qui se tord sous l'ardent aiguillon,
La France agonisante, épuisée, abattue,
S'efforçant de chasser ce vautour qui la tue
Et dont la serre avide a labouré son flanc,
O mon Dieu ! pour venger tant d'affronts et de sang,
Pourquoi donc faire choix d'une vierge timide
Plutôt que d'un guerrier sage autant qu'intrépide !...
Mais peut-être, Seigneur, tu veux, en confiant
A mon debile bras cette œuvre de géant,
Faire plus hautement eclater ta puissance ;
Seigneur !.. Je te bénis dans ma reconnaissance,
Et, de tes volontés adorant les secrets,
Je reçois à genoux tes augustes décrets...
Et toi mon beau pays, douce terre de France !
Entends, entends sonner l'heure de delivrance !
Mon bras qu'arme le ciel va te servir d'appui,
Et l'Anglais foudroye tombera devant lui ..

VI

Dieu le veut, marchons, Dieu l'ordonne,
Des combats il fait le succes,
Volons, déjà le clairon sonne,
Volons terrasser les Anglais !...

L'Anglais a dit dans son délire :
« La terre et la mer sont à moi.
« A moi le sceptre, à moi l'empire !
« Tout doit se courber sous ma loi. »

Semblable à l'oiseau de l'orage
Dont les serres portent la mort,
L'Anglais, altéré de carnage,
S'est précipité sur ton bord ;

Il voulait, brisant ta couronne,
T'enchaîner captive à son char,
O noble France ! et, sur ton trône,
Planter son superbe étendard.

Mais Dieu, qui toujours, scrutant l'ombre,
Des noirs complots est le témoin,
A l'Anglais, comme à la mer sombre,
A dit : — Tu n'iras pas plus loin !

Pour briser tes fers, ô patrie !
Il a jeté les yeux sur moi,
Et j'entends sa voix qui me crie .
« Va sauver la France et son roi !...

« Sous le joug honteux qui l'opprime
« Ton pays versa trop de pleurs ;
« Je t'ai choisie, enfant sublime !
« Va mettre un terme à ses douleurs..

« Mon glaive dans ta main va luire ;
« Et, sur ton front, doit s'allier
« A l'auréole du martyre,
« L'éclat d'un merveilleux laurier !

« Va donc, ô vierge magnanime,
« Promise à l'immortalité :
« C'est de ton flanc, chaste victime,
« Que doit sortir la liberté !... »

Eh bien ! Allons !... ô ma patrie !
Laisse les pleurs, quitte le deuil,
Tu triomphes... L'Anglais impie
Va descendre dans le cercueil.

O transports ! ô joie ! ô mystère !
Ton oriflamme aux plis joyeux,
Comme un *Labarum* tutélaire,
Dans la nue éblouit les yeux ! .

Ton ciel va resplendir encore
De gloire et de sérenité ;
Vois cette flamme qui le dore :
C'est l'aube de la liberté ! .

Levez-vous, enfants de la France,
Tirez le glaive des combats...
Au champ d'honneur et de vaillance,
Accourez, volez sur mes pas ..

Dieu le veut, marchons, Dieu l'ordonne,
Des combats il fait le succès...
Le bruit du fer déjà résonne,
Volons terrasser les Anglais !...

GABRIEL MONAVON.

LES ANNIVERSAIRES

III

Je ne sais si l'enfant que la mort m'a ravie
A pu, se recueillant au sortir de la vie.
Nous jeter un regard d'espérance et d'amour,
Se dire : « *Ils revivront avec moi quelque jour ;*
« *Mes bien aimés viendront retrouver l'infidèle*
« *Qui pour un plus doux nid part, frileuse hirondelle.* »
Je ne sais... mais, ô sombre et cruel souvenir !

Cette heure qui sonna pour son dernier soupir,
Quand sa main prit nos mains dans sa suprême étreinte,
A rempli notre cœur de sa funebre plainte
Et laissé dans notre âme un écho douloureux !...
— Oh ! comme ce départ nous fait un vide affreux ! —
Le charme qui sourit, la voix qui réconforte,
Les rayons sont partis avec la jeune morte :
Et dans notre maison, où tout était si beau,
Sont entrés le silence et l'ombre du tombeau. .

Depuis qu'elle n'est plus, la campagne fleurie
A salué trois fois le beau mois de Marie ;
Les oiseaux ont, trois fois, caché leurs frêles nids
Dans l'asile embaumé des buissons rajeunis
Et, trois fois, le printemps qui chante et qui rayonne
A jeté sur les bois une verte couronne.
Mais pour nous, qui restons dans les larmes perdus,
— Nous, par qui les bonheurs ne sont plus attendus —
Pour nous, que le regret implacable tourmente,
Il n'est plus de beaux jours ni de saison charmante,
Et nous vivons cloîtrés dans l'amer souvenir
De l'heure qui sonna pour son dernier soupir !. .

*
* *

Notre pensée est là, veilleuse inconsolée,
Qui nous montre toujours, dans la chambre isolée
Où terrible, passa l'ouragan des douleurs,
L'enfant inanimée et la famille en pleurs !
Mais bientôt, émergeant des profondeurs funebres,
Les clartés de la Foi dissipent nos tenèbres
Et, rayons bienfaisants, guident nos cœurs meurtris
Vers ce consolateur divin, *Le Paradis* !
Nous revoyons alors son pâle et doux visage
Recueilli dans la paix de l'éternel sommeil,
Quand, mystique exilé regagnant son rivage,
Son Esprit s'élançait vers l'horizon vermeil !...

Et pure, ainsi qu'au jour lointain de son baptême,
Elle avait revêtu, comme un céleste emblême,
La robe immaculée aussi blanche qu'un lis,
La médaille d'argent, les voiles aux longs plis ;
Les roses du printemps couronnaient son front d'ange :
A ses mains que jamais ne souilla notre fange
Un rosaire bénit s'enroulait doucement,
— Ce rosaire qu'elle gardait en s'endormant
Mettant toujours ses nuits sous cette auguste égide.—
L'eau sainte avait touché sa paupière livide
Et semblait raviver l'éclat de son œil bleu.
Mais l'âme avait déjà pris son essor vers Dieu,
Ne laissant ici-bas, et de fleurs entourée,
Que l'humaine beauté de sa blancheur sacrée...

(*9 Mai 1890*) EUTROPE LAMBERT.

AU CHÊNE PHARAMOND !

Souvenir de Fontainebleau !

O roi de la forêt, — tête superbe et fière,
Tu sembles t'elancer vers la voûte d'azur,
Comme un phare brillant qui sur un coin de terre,
Montre au pauvre exilé son chemin le plus sûr.

Et tu ne trembles pas sous ta puissante écorce ;
Tu portes crânement tes quatorze cents ans ;
Ta seve est encor verte et possède la force,
Malgré le temps passé, malgré tous les autans.

— Si tu pouvais parler, si tu pouvais nous dire,
Ce que ton aile immense abrita sous les cieux,
Et le chant de l'amour et le tendre sourire,
Que tu vis le premier du temps de nos aieux,

Tu nous dirais alors, qu'au temps de ta jeunesse,
Nos ancêtres aimés qui vivaient dans les bois,

Étaient d'humeur joyeuse, étaient pleins de tendresse,
Et vivaient sans soucis, sans maîtres et sans lois ;

Tu nous dirais aussi qu'autrefois la nature,
Était plus parfumée et plus belles les fleurs ;
Plus doux était zéphyr et plus doux le murmure
De la brise du soir et plus aimants les cœurs,

Que l'homme était loyal, qu'il était franc et brave,
Qu'il vivait pour l'amour et qu'il était heureux,
Enfin qu'il ignorait ce vilain mot : « esclave ! »
Mais vivait libre alors, protégé par les Dieux.

Toi, tu sais que le temps dans sa course rapide,
A détruit sans regret, tout noble sentiment ;
L'homme de notre époque égoïste et perfide,
Ne vit que pour lui-même ou plutôt pour l'argent.

— Et tu ne bouges pas, ô chêne du mystère !
Tu restes toujours droit pendant que tout s'enfuit,
Pendant que les sanglots font écho sur la terre,
Pendant que chaque soir, au ciel, l'étoile luit.

Mais tu pleures tout bas, et ta voix attendrie
Se perd dans la nature au milieu du chaos,
Et la voix des mourants qui gémit et qui prie
Semble te laisser froid au milieu des tombeaux !

Tu nous verras tomber et bien d'autres encore,
Avant de t'endormir, ô chêne, pour toujours !
Tu verras bien souvent une nouvelle aurore,
Annoncer le printemps, annoncer les amours.

Tu subiras du temps, le caprice effroyable ;
Tu reverras la guerre et toutes ses horreurs ;
A ton ombre souvent, le pauvre misérable
Viendra pour se cacher y verser bien des pleurs.

Et quand aura sonné pour toi l'heure dernière,
Puisque tout doit mourir dans notre humanité,

— Que tout meure avec toi,. que finisse la terre,
Et ton dernier soupir sera sa Liberté !

(*Juvisy-sur-Orge*) ARISTIDE JALADE.

UN GLORIEUX ÉPISODE

(17 ET 18 JANVIER 1871)

Depuis six mois, la lutte avait été sans trêve—
Partout nos ennemis repandaient la terreur —
Partout la mort frappait de son terrible glaive !
Et l'hiver, temps funeste, ajoutait son horreur
Au sombre dénûment d'une armee expirante !
Ah ! ceux qui n'ont pas vu cette époque navrante
Ne comprendront jamais tout ce qu'on a souffert ,.
— Les Vosges ne sont plus qu'un écœurant désert,...
Tout est abandonné — Dans une humble chaumière
Qelques vaillants débris gardent, seuls, la frontière...
— Ils sont là quatre-vingts désignés pour mourir
Mais à lutter quand même au nom de la Patrie !...
Ils pourraient bien se rendre, ou bien aussi trahir..
Mais qui donc inventa, monstrueuse infamie !
Qu'un soldat peut livrer l'honneur de son Pays ? ..
Qui donc a découvert qu'il est au sang un prix ?. .
Que le peuple vendrait les jours de sa famille ?...
Si ce sont des Français . Eh bien ! qu'on les fusille !
Ou plutôt qu'on les pende ! Et que cet écriteau .
« *Celui-ci fut un lâche, il a trahi la France* »
Soit place sur chacun par la main du bourreau !...
— Ils sont là quatre-vingts tordus par la souffrance
De ne pouvoir combattre avec chance de gain..
Les autres, plus heureux, étaient tombés la veille,
— Car ils étaient aussi depuis trois jours sans pain —
Mais ce n'est pas la faim qui, dans l'ame s'éveille
Quand on a devant soi comme horizon, la Mort !...

Oh ! non, c'est une angoisse épouvantable et sombre
De penser que, bientôt, écrasé par le nombre,
Il faudra se soumettre à cet horrible sort !...
— Ils avaient, avec eux, sauvé quelques cartouches ;
Il en restait cinquante, hélas ! c'était bien peu,
Mais c'était en comptant leurs ennemis farouches,
Autant de supprimés au premier coup de feu ! ..
— L'un d'eux, un Capitaine, un homme jeune encore,
Le visage assombri, leur dit sans métaphore :
« Nous sommes quatre-vingts ! Là-bas ils sont cinq cents !
Il nous faut en finir ! » — A ces mâles accents
Les braves compagnons se rangent en bataille...
Ils n'ont pour cet assaut ni canons, ni mitraille,
Mais ils ont le Devoir ! il doit être accompli...
— Alors, en un clin d'œil, il fut bien établi
Qu'ils allaient renverser la puissante barriere
Qui les tenait captifs dans cette fondriere...
« En avant ! » dit soudain le vaillant officier
Et sous un feu roulant, terrible, meurtrier,
La colonne bondit !... — Ce fut un vrai carnage,
Une lutte effroyable, une héroique rage !...
— Les cinq cents confondus, surpris et décimés,
En dépit du désir dont ils sont animés
De réduire à néant tout ce qui leur résiste,
Apprirent, ce jour-là que toujours il existe
Dans de vrais cœurs français un sentiment plus fort
Que celui de trembler en face de la mort !...
— Etourdis, accablés, perdus dans la fumée,
Ils crurent que sur eux se ruait une armée... —
Pouvaient-ils supposer que quelques fusiliers,
Sans vivres et sans chefs, presque des prisonniers,
Attaqueraient ainsi !... C'était inadmissible !...
Ils n'en pouvaient douter une armée invisible
Etait là, devant eux !... Et frappés de stupeur,
Convaincus d'impuissance, envahis par la peur,
Ils ne songent qu'à fuir dans l'effroi qui les glace !...

— Ils n'avaient plus, alors, cette insolente audace
Dont ils étaient si fiers aux précédents combats...
Ah ! s'ils avaient compris que quatre-vingts soldats
Etaient seuls alignés pour venger leur Patrie,
Comme ils auraient, sans crainte, usé de barbarie...
Tandis que, l'ignorant, ce fut epouvantes
Qu'ils quitterent la place en désordre et domptés !...
— Mais cela coûtait cher à nos héros sublimes
Hélas ! beaucoup des leurs sont parmi les victimes...
Le soir, quand arriva le moment solennel
De faire, sous la tente, un dernier contre-appel,
Ce fut par un sanglot que *trente* y répondirent...
Non pour plaindre les morts, mais parce qu'eux respirent !
Ils voulaient si bien tous, tomber pour le Pays !...
— Le lendemain, au jour, le combat fut repris...
Vaincre trente blessés etait certes facile :
Eh bien ! dans leur fureur, les cinq cents étaient mille !
On lutta, cependant, ce fut un vrai combat
Ou plutôt non, ce fut un froid assassinat ;
Car ce n'est pas lutter, mais bien du brigandage,
Que d'être vingt contre un, comme en pays sauvage !...
Et ceci se passait non loin d'un château fort,
Près d'un hameau français, aux portes de Belfort ! !...
— Dormez en paix, Martyrs ! Dormez dans votre gloire !
La France gardera votre nom dans l Histoire !
Nous garderons aussi le nom de vos vainqueurs ..
Notre haine est pour eux lorsqu'à vous sont nos cœurs !
Si malgré vos efforts on livra la Patrie ..
Nous ne la voulons pas, nous non plus, amoindrie !...
— Dormez en vos tombeaux ! — A vos fils l'avenir !...
Eux aussi, du passe, sauront se souvenir ! ..

(*Mai, 1890*) F BAILAN.

L'ANGÉLUS

La campagne est sereine, immobile, imposante ;
Le soir verse son calme aux champs silencieux ;
Les lueurs du couchant illuminent les cieux
Et jettent sur les bles leur teinte rougissante.

Un oiseau fend, sans bruit, le Zénith radieux ;
Deux bœufs s'en vont, là-bas, d'une allure pesante
Et le dernier troupeau s'écoule, insoucieux,
S'éloigne et disparaît dans la brume naissante.

Et dans l'air frais et pur où flottent des parfums
Tinte, mystérieux, le glas des jours défunts
Et la voix de l'airain émeut la plaine immense...

Et troublé, l'homme songe à ceux qui ne sont plus
Tandis qu'au ciel pâli par la nuit qui commence
D'un clocher de hameau s'envole l'Angélus.

FERDINAND BAILLY.

A UN POÈTE

J'ai vu poindre des jours d'un éclat sans pareil
Aux cieux, que de sa flamme inondait le soleil :
Nul sinistre ouragan ne déployait ses voiles ;

J'ai vu de clairs ruisseaux et des lacs transparents,
Miroirs que respectaient la fange des torrents,
Rideaux où, dans la nuit, se berçaient les étoiles ;

J'ai vu des prés couverts de leurs manteaux de fleurs,
Balsamique tapis aux brillantes couleurs,
Trésors où butinaient les abeilles sauvages...

O ! poète, vos vers sont aussi parfumés,
Aussi purs, aussi beaux que les prés embaumés,
Que les ruisseaux d'azur et les cieux sans nuages.

(*Paris*) LOUISE R.

BESOIN D'AIMER

SONNET

Pourtant, j'avais juré que je n'aimerai plus :
Comblant de mon mépris la plus ardente ivresse,
J'avais ferme mon âme aux élans de tendresse
Qu'Eros, toujours prodigue, accorde à ses élus.

Vœux fugaces et vains, ô serments superflus !
Revivant du Passe l'enivrante caresse
J'ai brisé le contrat qu'en un jour de détresse
En secret, sans témoins, avec moi je conclus.

Accablé sons le poids d'une angoisse cruelle,
J'aurais a mes transports voulu rester rebelle
Et comdamner mon cœur trop prompt à se rouvrir ;

Mais, plus je me combats, plus je cede à moi-même ;
Mon effort est stérile, et, dussé-je en mourir,
Dussé-je être parjure, il faut, il faut que j'aime !

(*Avril 1890* EMILE MAHEUT.

GRAND-PÈRE

Bébés charmants que Dieu fit descendre sur terre,
Comme des anges blonds, sur les ailes du vent,
Chérubins adorés, aimez votre grand-père.
Caressez-le souvent !

Vous ne pouvez savoir, enfants, comme il vous aime
L'aieul qui vous sourit au coin de son foyer !...
Son cœur bat de plaisir et sa joie est extrême
Lorsqu'il vous voit jouer !

Quand vous n'êtes pas là, son front devient morose...
Il voudrait vous avoir des votre gai réveil,

Car vous êtes pour lui ce que sont pour la rose
Les rayons du soleil !

Enfants, aimez-le bien cet aïeul vénérable,
Dont les membres courbés sont faibles et tremblants ;
Posez sur son grand front votre bouche adorable,
Bouclez ses cheveux blancs !

Ayez pour ses doux soins de la reconnaissance ;
Avec empressement contentez ses désirs,
Et le vieillard, charmé de votre obéissance,
Bénira vos plaisirs !

Et, vivant parmi vous dans une paix parfaite,
Grand-papa, très heureux, ne versera de pleurs
Que lorsque vous viendrez lui souhaiter sa fête
En le chargeant de fleurs !

(*Nièvre*) L.-M POUSSEREAU.

LA BEAUTÉ DANS L'ANTIQUITÉ GRECQUE

HÉLÈNE

Hélène, la fille légendaire de Léda et du Cygne divin, est la fleur de beauté du monde antique et des âges mythologiques. Elle réalise le type enchanteur de la grâce et de la perfection dans la forme féminine. Ses attraits souverains peuvent rivaliser avec ceux de Cypris et sont dignes d'être jalousés par les Immortelles. Ils émeuvent et enflamment les peuples aussi bien que les rois ; chantés par tous les poètes de l'antiquité, ils n'ont cessé de régner sur la Lyre.

Les épithètes homériques donnent lieu de présumer qu'Hélène était blonde, avec des yeux noirs d'un éclat céleste, et le port d'une déesse... Le rayonnement de sa beauté, éclaire et domine de son charme suprême les mêlées sanglantes et les ardents combats qui se livrent pour elle autour d'Ilion, et qui sont le formidable prelude de la chute de la cité de Priam.

Mais nous pensons que pour apprécier sous son vrai jour ce type supérieur où, dans un merveilleux assemblage, semblent se fondre la fable et la réalité formant un incomparable modèle, il faut écarter la tradition vulgaire et ne pas s'en tenir à la simple et banale légende. Une étude attentive peut y découvrir un sens plus profond, une conception plus idéale.

Cette étude est de nature à révéler une nouvelle Hélène, sérieuse, digne et fiere, non moins belle et plus touchante que celle dont on se fait communément l'idée , une Hélène, victime fatale, obsédée, souffrante, résistant à Venus, entraînée par elle, vouée aux excès de l'amour comme une esclave à de durs labeurs.

Elle passe de main en main parmi les héros du monde homérique, semblable à la coupe exquise de nectar qui circule dans les banquets de l'Olympe. Thésée l'enleve à l'âge de dix ans, pendant qu'elle dansait dans le temple de Diane. — « Il m'enleva, dit-elle, dans le *second Faust* de Gœthe, moi biche svelte de dix ans, et le bourg Aphnide, dans l'Attique, me reçut. » — Ses freres Castor et Pollux la délivrent, mais Achille ne tarde pas a l'entraîner dans sa violente existence ; puis il la cede à Patrocle comme un butin partagé Ménélas l'épouse et noue à son front les bandelettes de l'hymen. Alors arrive Pâris, le beau pasteur, et Vénus, pour tenir la promesse qu'elle lui a faite sur le mont Ida, jette entre ses bras son esclave subjuguée. Hélène assiste pendant dix ans du haut des tours d'Ilion, à la guerre qu'ont allumée ses yeux, dans l'attitude élégiaque prêtée par d'autres traditions à la fille de Jephté pleurant sa virginité sur le sommet des montagnes

A Pâris tué par le javelot de Pyrrhus ou la flèche de

Philoctète, succède son frere Déiphobe. Puis Ménélas reparaît dans les flammes de Troie, l'arrache au lit adultere et la ramene dans son palais de Lacédémone.

Mais l'implacable Vénus ne lâche pas sa proie : Achille, dans les ténebres de l'Hadès, se ressouvient de la beauté suprême qu'il a possédée ; il s'échappe de la prison des Ombres, vient surprendre Hélene pendant son sommeil, et un enfant ailé, Euphorion, beau comme Eros, fils d'Aphrodite, naît des mysteres de cette nuit magique.

Cependant au milieu de ces rapts, de ces adulteres, de ces vagabondages de captive livrée en prix aux luttes de la force, la fille du Cygne reste pure et, comme l'oiseau paternel, demeure revêtue de candeur et de majesté. Les caresses et les outrages glissent sur elle sans la pénétrer, et jamais aucune des dévorantes ardeurs de Phèdre ou de Pasiphaé ne vient agiter son cœur et flétrir sa souveraine beauté. Parmi les transports qu'elle excite, elle garde l'indifference superbe d'une admirable statue autour de laquelle tournerait une orgie sacrée. La faute en est aux dieux qui se servent de ses attraits pour éblouir le monde et pour l'embraser. La vigne n'est pas responsable des ivresses sanglantes qu'elle inspire ; le flambeau n'est pas complice de l'incendiaire qui attache sa flamme aux murs des cités.

Suivez Hélene de l'*Iliade* à l'*Odyssée* vous la verrez toujours noble, sérieuse, imposante et comme entourée d'une auréole d'indéfectible pudeur. La ville même dont elle ravage les foyers, dont elle décime la jeunesse, l'environne de respect et d'admiration. Qui ne se souvient des louanges que laissent échapper à son aspect les vieillards assis aux portes de Scée ? Ils se lèvent devant elle et murmurent entre eux à voix basse : — « Certes ce n'est pas sans raison que les Troyens et « les Achéens aux belles cnémides endurent pour une

« telle femme des maux si affreux ; elle ressemble aux « Déesses immortelles ! » — Au dernier chant de l'*Iliade* on la voit gémissante se lamenter sur le cadavre d'Hector, dans la langue touchante et virginale d'Iphigenie. A la douceur de sa plainte, on dirait que la voix du Cygne vient de s'éveiller en elle pour pleurer le mort héroique. Enfin on la retrouve au quatrième chant de l'*Odyssée*, dans le palais de Ménelas, honorée à l'égal de la plus chaste epouse. A voir l'auguste cérémonial dont Homère entoure sa rentrée dans l'Epopée rouverte, on peut penser qu'il veut l'absoudre solennellement des meurtres et des carnages de l'*Iliade*. Lorsqu'elle descend, a l'arrivee de Telémaque, de sa chambre odoriférante, tous les regards se tournent vers elle : « elle est semblable a Diane pudique et fiere » Adraste pose sous ses pieds une riche escabelle ; Philo lui présente une corbeille d'argent remplie de fils merveilleux et place entre ses mains une quenouille d'or chargee de laine violette, symbole de sa royauté domestique.

Diverses traditions se forment et s'accordent comme pour l'absoudre plus pleinement encore, et plus tard, la Grèce la divinise et la réunit au groupe étoilé des *Dioscures*, glorieux enfants de Jupiter, parmi lesquels brillaient ses frères Castor et Pollux. Sa memoire devient une chose sainte et consacrée, il est defendu d'y toucher. Stésichore, l'ayant outragée dans un poème, devint subitement aveugle Averti par les Muses, il rétracta le chant injurieux ; alors Hélene lui rendit genéreusement la lumière. Sparte lui éleva un temple où les jeunes filles laides venaient implorer, de cette nouvelle Deité de bienfaisance et de beauté, la métamorphose de leurs traits.

Depuis Homère, les poètes et les rhéteurs entretiennent autour d'elle un concert ravissant de louanges. L'*Epithalame d'Hélène*, de Théocrite, est un hymne d'adoration. « La fille de Zeus est entrée dans ton lit, — chantent à Ménélas les vierges de Sparte, — elle que « n'égale aucune des femmes qui marchent sur la terre archéenne !... » Electre, dans l'*Oreste* d'Euripide, l'insulte d'abord, lorsqu'elle rentre de nuit dans Argos, « craignant les peres de ceux qui sont morts sous les murs d'Ilion. » Mais bientôt son charme gagne la sombre vierge ; la volupté qu'elle exhale fait tressaillir cette statue funèbre et farouche. Hélène arrache un cri d'envie à Electre ; on dirait une Eménide séduite par une Grâce : « O beauté ! que tu es fatale aux mortels et « que tu es précieuse à qui te possede ! Hélène est « toujours la femme d'autrefois qui jamais ne connût « de rivale !... »

D'après un poete cyclique, cette beauté l'avait protégée dans Troie en flammes, comme un bouclier, contre l'épée de Ménélas levée sur sa tête, à sa vue, le glaive était tombé des mains de l'époux ravi. Au crépuscule de l'antiquité, Hélene apparait une derniere fois, dans le dernier poeme de la Grece, le *Paralipomène homérique* de Quintus de Smyrne, et elle y reçoit un suprême hommage. Comme pour compléter ces récits épiques, les grands sculpteurs se sont inspirés à leur tour de la tradition, et on a pu voir au Musée *Campana* un admirable bas-relief antique qui montre Hélene rentrant à Sparte sur son char, avec Ménélas, non en captive, mais en triomphatrice, l'air assuré, l'attitude haute, et tenant d'un geste royal les rênes du quadrige qui la ramène comme une autre *Vénus victorieuse*.

Cette merveilleuse femme représente la beauté passive, innocente des ravages qu'elle cause et des fléaux qu'elle suscite : car Aphrodite, l'impérieuse déesse, s'attache à elle sans la posséder. Le trouble qu'elle porte dans le sein des hommes n'agite point son cœur ; le feu qui dévora Médée ou Myrrha respecte ce sein tranquille, sur lequel les scuplteurs venaient prendre l'empreinte des coupes de l'autel. Elle est froide comme le sont les beautés parfaites destinées à ravir les yeux, et pour lesquelles l'amour dont elles sont l'objet ne devrait être qu'une sorte de culte contemplatif.

Partout où elle apparait, dans les drames, dans les poemes, dans les hymnes, dans les odes et dans les élegies antiques, elle se montre grave, silencieuse, recueillie en elle-même, et comme noblement attristée des amours auxquels les Dieux la condamnent. Sa parole est toujours sérieuse et décente : les désirs qu'elle excite l'effrayent et l'affligent ; elle s'y livre sans les partager, comme pour obeir à une loi sévère.

Ainsi cette femme incomparable ne subit pas la destinée des filles de la chair. L'amour, l'esclavage, l'hyménée, ont beau l'emporter dans leurs bras fougueux, la rejeter, la reprendre, se la renvoyer l'un à l'autre, elle garde sous leurs étreintes une sorte de candeur originelle et comme une virginité intime, mystérieusement indelébile La vieillesse même ne peut la fletrir ; le temps n'ose point l'attaquer. Elle parcourt l'espace d'un siecle dans le cycle de la poésie antique, toujours jeune, toujours desirable, vraie fille du Cygne sans tache, vivante image de la beauté idéale, l'homme peut souiller ses formes éphémeres, il n'atteint pas son type éternel.

Ce qu'Hercule a éte pour l'antiquité au point de vue des prodiges accumulés de la force et de la vigueur athlétique, Helene l'a été sous le rapport du prestige et des merveilles de la beaute. La poésie l'a pénetrée de son souffle createur et la touchant de son plus éclatant rayon, l'a transformée en une personnification symbolique, en un type incomparable, surhumain, presque divin.

GABRIEL MONAVON.

LE DICTIONNAIRE CLASSIQUE

Tout le monde reconnaît la nécessité du dictionnaire classique, de ce petit livre indispensable à l'écolier comme au savant.

Autrefois le dictionnaire ne contenait que l'orthographe, la signification et le genre des mots, la classification et la conjugaison des verbes, mais par la suite on y a joint des notices d'étymologie, de biographie, d'histoire et de géographie etc., et enfin, tout récemment, les gravures explicatives.

La confection d'un bon dictionnaire classique n'est pas une tâche aussi facile qu'on pourrait le croire : condenser en un volume portatif toute une encyclopédie demande beaucoup de travail et de soin.

Quel doit en être le plan ?

Chaque mot placé dans son ordre alphabétique sera suivi des explications nécessaires pour en déterminer l'orthographe, la prononciation, l'étymologie et les différentes significations.

Orthographe — L'orthographe ! Un philologue distingué a pu donner pour titre à un de ses ouvrages : « La vie des mots ». N'est-ce pas dire assez que le sens des mots se modifie, que leur orthographe se transforme ? L'auteur du dictionnaire devra surtout tenir compte de l'usage. Avant 1878, époque à laquelle l'Académie, dans le monument qu'elle consacre par intervalles à la langue française sanctionna les nouvelles modifications apportées par l'usage, la plupart des dictionnaires classiques écrivaient « collége, très-bien, pour-boire, c'est-à-dire, des maximum, etc. Le lecteur trouvera naturellement dans le nouveau dictionnaire ou dans la nouvelle édition de l'ancien « college, très bien, pourboire, c'est à dire, des maxima, etc »

Prononciation — En ce qui concerne la prononciation, l'auteur n'oubliera pas que c'est surtout dans le dictionnaire classique qu'il faut savoir dire tout ce qu'il faut, mais rien que ce qu'il faut. Si elle est inutile, il faut savoir l'omettre ; car elle attirerait l'attention et l'empêcherait de se concentrer sur les points importants. Qu'on place en regard de « gageure, cercueil, paon, caen, poêle, moelle, aquatique, inertie, beefteack, breack » « gajure, cercueuil, pan, kan, poile, moile, akouatique, inercie, bifteck, breck, » rien de mieux, la prononciation différant de l'orthographe. Mais pourquoi ecrirait-on ainci, chace, etc., en face de ainsi, chasse ? Ne sait-on pas que l's a le son du c après l'n et que deux s équivalent à ç ou c ?

Étymologie — L'étymologie est souvent nécessaire pour éclairer ou fixer sur la signification d'un mot ; mais que de fois aussi elle ne peut servir qu'à attirer inutilement le regard ou ce qui est plus grave à donner une fausse idée du sens actuel des mots. Le sens étymologique ne peut-il pas avoir completement disparu et l'auteur ne doit-il pas alors sacrifier l'étymologie quelque ingenieuse qu'elle puisse paraître, quelques efforts qu'elle ait coûtés ? Voyez par exemple « insolent et ignoble » ils ont pour origine : le 1er « *in* non *solens* étant dans la coutume » ; le 2me « *in* non *nobilis* noble ». En quoi l'étymologie de ces mots peut-elle servir à éclairer leur sens actuel ? Il faut bien l'avouer « trop hardi » « impertinent » ont peu de rapport avec « qui n'est pas dans la coutume » ; « ignoble » ?... rarement le manque de noblesse s'emploie en mauvaise part, rarement il est synonyme de deshonneur. — D'un autre côté il importe peu de savoir que rose et étable viennent du latin *rosa* et *stabulum*, que estrade et estrapade sont empruntés à l'italien *strada* et *strappata* ? Ces quatre mots étrangers placés sans explication apres les mots français ne serviraient en rien a éclairer sur la signification. Ainsi l'auteur omettra à dessein une foule d'étymologies dangereuses ou inutiles et s'attachera de ıréférence à celles qui sont essentielles et qui seules ıeuvent faire connaître le sens exact d'un mot : ex, ı revelare, ôter le voile ». Re pref. velum voile » ne listingue-t-il pas nettement « révéler, découvrir ce qui ıst secret » de publier « rendre public », divulguer ı répandre dans le vulgaire » ? — L'étymologie est oujours indispensable apres les mots composés dont es eléments sont peu connus ou ne s'emploient pas ıeuls, ex : hémıstıche (*hémi* demi *stikos* vers) demi-/ers ; hémorragie (*haïma*, sang, *regnumi*, je fais rruption) perte de sang ; anodın (*a* privatif *n* euphoni-ļue *odune* douleur) ınoffensif ; apogee (*apo* loin de ļué terre), le plus haut degré ; ex-voto (*ex* d'après ɔoto un vœu) objet placé dans une chapelle à la suite l'un vœu ; autodafé, (*auto* acte *da* de *fe* foı) exécution l'un hérétique condamné au feu ; arc-boutant (*arc* ɔoutant moyen âge *botant* poussant) etc. — Les ter-mes scıentifiques doıvent sans exception être suıvis de leur étymologie parce que seule elle peut fixer sur le vrai sens, seule elle peut leur faire perdre leur phy-sionomie etrange. Ex : télégraphe (*télé* au loin, *graphô* j'écris) thermomètre (*thermos* chaud, *metron* mesure) etc...

Sens propre. — La prononciation et l'etymologie indiquées, le sens propre d'un mot doıt etre exposé avec clarté et précision ; autant que possible, on tiendra compte des idées accessoires et des nuances qui le caractérisent. Après les mots « craınte, peur, frayeur », les anciens dictionnaires répetaient alternativement ces mots ; était-ce les caracteriser ? Les nouveaux defini-ront avec plus de raison : crainte « apprehension d'un danger éloigné » peur « apprehension d'un danger présent ». Du reste, un exemple bien choisi, servira à éclaircır la définition : effroi, « glacé d'effroi » ; aussi, « je le veux aussi » ; circulation, « circulation du sang, de l'argent » ; solipede qui n'a qu'un sabot à chaque pied « le cheval, l'âne » ; cétacé, mammifère marin « la baleine, le cachalot ».

SENS FIGURÉS. LOCUTIONS. — Apres le sens propre viennent les sens figurés accompagnés d'exemples. Ex.: éclat,sens propre, « fragment d'un corps dur » : éclat de bois » ; sens figures : bruit violent, « éclat du tonnerre » ; vive lumiere, « eclat du soleil »; dehors brillants, « éclat de la renommée » ; scandale, « éviter un eclat ». — Enfin l'étude du mot sera complétée par l'explication des locutions dont il fait partie : ex.: « action d'éclat, voler en eclats, » etc. Dans ce dernier cas, le sens du mot se confond avec celui des mots qui précedent ou qui suivent, comme dans les proverbes qui renferment ce mot et qui devront être expliqués en dernier lieu Ainsi après avoir indiqué les differentes significations du mot *aile*, suivies des exemples « ailes d'un oiseau, ailes d'un moulin, ailes d'un château, ailes d'une armee, etc .. » l'auteur du dictionnaire donnera une définition d'ensemble 1° aux locutions, ex.: voler à tire d'aile (de toute ses forces); voler de ses propres ailes. (sans aucun secours) ; rogner les ailes, (amoindrir les ressources, l'autorité) ; ne battre que d'une aile, (n'avoir plus qu'un faible reste d'influence, de credit, de vigueur) ; 2° Aux proverbes, ex.: le malheur a des ailes (arrive promptement) ; la peur donne des ailes (fait courir plus vite), etc...

DÉFINITIONS PLUS DÉTAILLÉES. NOTICES ENCYCLOPÉDIQUES — Une simple définition, même suivie d'exemples, ne suffit pas toujours pour les termes qui appartiennent 1° aux sciences Ex : acide, baromètre, constellation, locomotive, paratonnerre, photographie, respiration, télégraphe, vapeur ; 2° aux lettres, ex.: comedie, chronique, economiste, épopee, fabliau, idylle, moraliste, oraison funebre, publiciste, poésie dédactive ; 3° a la médecine, ex.: apoplexie, arsenic, asphyxie, asthme, bronchite, convulsion, croup, hygiène, ıhtbisie, vaccin ; 4° au droit, ex.: adoption, contrat, ;oncordat, jury, mariage, minorité, succession, société, aisie, quotité. De courtes notices encyclopediques ıourront alors entrer dans quelques explications indis-ıensables. Ainsi l'auteur du dictionnaire aura raison au not fossile de rappeler brièvement les revolutions ubies par le globe et de dire quelques mots sur les liverses couches de terrain et les êtres organisés, nfouis dans chacune : ce sont ces êtres organisés ılantes, coquilles, animaux, etc , retrouvés aujourd'hui, [ue l'on appelle fossiles ; on ne pourra même pas le ılâmer d'insister un peu, de signaler quatre couches ;orrespondant a quatre especes de fossiles. — A défaut le notice encyclopédique, l'auteur peut faire suivre le not de details explicatifs qui n'appartiennent pas aux léfinitions ordinaires. Ex.: « fossile (fossilis, qu'on tire le terre) se dit des débris d'animaux et de plantes nfouis dans les roches et dont la plupart appartiennent des espèces n'existant plus sur la terre. »

Le dictionnaire que M Gazier a tout récemment fait ıaraître renferme de vrais modèles de notices encyclo-ıédiques, aucune prétention à la science, clarté lumi-euse pour tous, heureux choix de conseils pratiques, els en sont les principaux caracteres. Il suffit, pour 'en assurer, de parcourir les trois notices suivantes que ıous abrégeons à dessein.

1° Comédie. — Pièce de théâtre dans laquelle on eprésente d'une manière plaisante les vices, les travers, es mœurs de l'humanite. *Encyclopédie* : Il y a diffé-entes sortes de comédies : La *Comédie de caractère*, ui a pour objet la peinture d'un vice ou d'un travers, omme l'avarice, la pédanterie etc ; la *Comédie d'intri-ue*, qui intéresse surtout par l'imprévu des situations ; ı *Comédie des mœurs* ou *haute comédie*, qui fait onnaître une époque, une classe de la société, etc...

2° Hygiène. — Art de conserver la santé. *Ency-*

clopédie : Guérir les maladies, c'est bien; les empêcher de se produire, c'est mieux encore : tel est l'objet de l'hygiène. La première condition pour se bien porter, c'est de ne faire d'exces en aucun genre. — Prendre de l'exercice sans fatigue, se lever et se coucher de bonne heure. — On doit se préoccuper aussi de la maniere dont on est logé — La bonne qualite de la viande est aussi tres essentielle, etc...

3° HYPOTHÈQUE. — Droit donné à un créancier sur un immeuble appartenant au debiteur. *Encyclopédie* : Le propriétaire d'un immeuble peut emprunter de l'argent en donnant comme garantie le droit de faire vendre son immeuble au cas où il ne rendrait pas la somme empruntée . cela s'appelle donner une hypotheque Pour qu'une hypotheque soit valable, il faut qu'elle soit inscrite sur un registre special tenu par le conservateur des hypotheques, etc.

MOTS ÉTRANGERS — Il nous est resté de la langue latine, il nous vient souvent des langues étrangeres des locutions et des mots dont l'usage est frequent et la connaissance indispensable, tels que « ad hoc, nec plus ultra, alter ego, alea jacta est, currente calamo, lapsus linguæ, ad patres, sic, carcere duro, goddam, high life, (ai laif) rinforzando, etc. » Le dictionnaire doit en expliquer la signification. Ces expressions en effet ne sont-elles pas employées journellement dans la conversation ? ne les rencontre-t-on pas sans cesse sous la plume des écrivains et serait-on excusable de ne pas les connaître ? On peut sans inconvenient en faire une liste à part au milieu ou à la fin du dictionnaire et concentrer l'attention sur elles en les imprimant sur un papier de couleur rose.

NOMS PROPRES — L'instruction pénetre de nos jours dans toutes les classes de la société . nul ne doit plus ignorer 1° les noms des principaux ecrivains tels que : Homère, Platon , Virgile, Horace, Corneille, Boileau, ı Fontaine, Pascal, Bossuet, Voltaire, Rousseau, ıateaubriand, Hugo, Lamartine, Dante, Le Tasse, ıakespeare, Milton, Gœthe, Schiller, etc.; 2° les principaux artistes tels que : Phidias, Praxitèle, Raphael, ıchel-Ange, Murillo, Le Poussin, Rembrandt, Rubens, ırer, Mozart, Beethoven, Rossini, Meyerbeer, Boieldieu, érold, Auber, etc. Non seulement l'auteur du dictionıire n'est pas autorisé à les omettre ; mais il ne peut ême pas se dispenser de donner une idée précise du ;nie de chacun d'eux. — Il indiquera également et ıpréciera dans de courtes notices les principales œuvres ,téraires : l'Iliade, l'Eneide, l'Enfer, la Jérusalem ;livrée, Macbeth, le Paradis perdu, Faust, Guillaume ›ll, l'Art poétique, le Misanthrope, Polyeucte, Athalie, s Pensées, les Caracteres, l'Esprit des Lois, le Génie ı Christianisme, les Orientales, les Meditations, etc. mentionnera les statues les plus connues, les tableaux s plus célèbres : la Vénus de Milo, l'Apollon du Belidère, la Transfiguration, le Jugement dernier, la ıconde, la Sainte Famille, les Bergers d'Arcadie, la ise au tombeau, l'Enlèvement des Sabines, la Barque ı Dante ; ces chefs-d'œuvre ne doivent-ils pas être ınnus de tous et rappeler des souvenirs precis ? — 'auteur omettra à dessein les noms qui ne sont pas du ımaine commun, qui sont rarement cités : il y a là ıe question de tact sur laquelle il doit être préalable,ent fixé. — Il donnera place aussi dans une juste ,esure aux noms historiques : rois, hommes d'état, ınquérants, etc Ex. : Péricles, Alexandre le Grand, nnibal, Auguste, Saint-Louis, Louis XI, Charles-Quint, enri IV, Condé, Duquesne, Jacques Cœur, Turgot, etc. ɔs principaux seront suivis d'articles encyclopédiques ,us étendus. — Ces articles seront indispensables aussi ›ur les grands évenements de l'histoire. — Enfin les ɔms importants de sites, de rivieres, de villes, de pays ɔvront avoir leur place. — Quant aux principaux noms mythologiques, l'auteur ne pourrait à aucun titre les laisser de côté : les uns sont devenus de véritables noms communs tels que : les nymphes, les sirènes, les satyres, les parques ; d'autres sont cites à chaque instant dans des œuvres à la portee de tous comme Jupiter, Neptune, Pluton. Proserpine, Amphitrite, Hercule, etc. ; un certain nombre, grâce aux chefs-d'œuvre de l'antiquité, se sont imposés au monde entier, ex : Œdipe, Andromaque, Iphigénie, etc.

Gravures Simples. — Enfin une importante innovation a été faite tout recemment. Certains auteurs ont introduit dans le texte des gravures et des cartes. C'est assurément une heureuse idée de mettre à côté du nom d'un objet la gravure qui le represente, surtout si cet objet est étranger, si nous avons rarement l'occasion de le voir, ou s'il est compliqué, ex : Ibis, Marmote, Metope, etc — Mais n'est-ce pas attirer inutilement l'attention que de représenter des objets qui frappent à chaque instant les regards, que tout le monde connaît, tels que « bureau, lievre, manchon, ciseau, soufflet ? »

On ne saurait trop louer l'auteur du dictionnaire (Larousse) qui tout dernierement vient d'introduire les gravures des principaux types littéraires et en particulier des grands écrivains français Quel intérêt offrent aussi les portraits historiques qu'on y rencontre à chaque pas et qui sont reproduits d'apres les monnaies, les médailles, les tableaux, les photographies ! Jetez un coup d'œil sur le mot Louis, et parcourez du regard les différents portraits de Louis le Debonnaire, Saint-Louis Louis XI, Louis XIV, Louis XVI, Louis-Philippe ; que de souvenirs évoquent aussitôt la figure des personnages et les costumes de l'époque ! Marie Stuart, Marie-Therese, Marie-Antoinette, Marie-Louise se presentent à vous dans la même page . que de renseignements fournissent en un instant les diverses attitudes des personnages, les différents aspects des visages, les vêtements qui portent si bien l'empreinte des temps et des pays ! Voyez aussi reproduits en face de chaque école, (école polytechnique, école de Saint-Cyr, etc.) les différents portraits des élèves, en face de chaque peuple, les principaux types de leurs soldats ; les armes et les uniformes ne parlent-ils pas assez d'eux-mêmes ?

Gravures Encyclopédiques, Cartes. — Quant aux figures d'ensemble qui ont trouvé place dans un dictionnaire publié récemment, et dans la nouvelle édition d'un ancien, elles sont fort instructives et il serait à désirer que l'usage s'en répandit dans les nouvelles éditions des autres dictionnaires. Jetez les yeux sur celle qui est placée au dessous du mot collectif armure, et voyez inscrit en face de chaque objet distinct qui compose l'armure, le nom de cet objet « casque, visiere, gorgerin, cuirasse, brassard, bouclier, gantelet, cotte de mailles, genouillère, jambiere » ; n'obtenez-vous pas en peu de temps et sans aucune recherche les connaissances les plus completes sur le sujet ? Examinez encore les gravures d'ensemble qui suivent les mots « château, église, vaisseau, cheval, etc. » et dites s'il est facile de mieux ménager le temps et d'être à la fois plus interessant et plus instructif ? Certaines figures d'ensemble vous paraîtront insuffisantes, les cartes de géographie laisseront peut-être aussi à désirer ; mais quel avantage inappréciable de voir distinctement la place de chaque partie dans un objet d'ensemble, de chaque pays dans un continent, de chaque ville, de chaque fleuve, de chaque montagne, dans un pays !

Ainsi un dictionnaire renferme tous les noms connus avec l'orthographe, la prononciation, l'étymologie, le sens propre et les sens figurés (suivis des exemples et des locutions dans lesquels ils peuvent entrer, d'articles explicatifs ou de définitions plus détaillées), les noms propres connus, les expressions anciennes et étrangères d'un usage frequent, les principaux termes d'histoire et de géographie, des gravures simples, des gravures d'ensemble et des cartes. N'avions-nous pas raison de dire dès le début que ce petit volume portatif qu'on appelle un dictionnaire devait être une véritable encyclopédie ?

ALEXANDRE LALEY.

LES ENFANTS ET LES ANGES

Les mères et les enfants, les jeunes filles et les fleurs, les cheveux blancs et les boucles blondes ! Doux et charmants objets qui reviennent sans cesse sous la plume du conteur, sous le pinceau de l'artiste ou le ciseau du sculpteur !

Ils sont là, toujours là, variant de forme et d'aspect, mais, au fond, les mêmes toujours et partout ; comme le printemps et l'automne qui renaissent, chacun en son lieu, le premier avec ses primevères, son aubépine, ses allouettes et ses pervenches ; le second avec ses beaux fruits, ses fils de la vierge et ses riches vendanges Magnifiques et immuables variations qui s'accomplissent toujours sous les regards du souverain conservateur de toutes choses, sans faillir jamais aux lois providentielles qui les régissent.

Or, ces considérations trop sérieuses, peut-être, nous conduisent d'emblée dans le charmant village de X... résidence de trois jeunes petites demoiselles qui vont faire l'objet de ce récit Mais, avant de vous parler d'elles, je dois, en ma qualité de conteur fidele, vous esquisser le portrait de mes trois héroines.

Peut-être souhaiteriez-vous que ces trois petites filles eussent des fées pour marraines ; qu'elles fussent douées : l'une d'une beauté merveilleuse, l'autre d'une voix enchanteresse, la troisieme d'une grâce ravissante. Il n'etait rien de tout cela ; aucune circonstance merveilleuse n'avait signalé leur naissance. Appartenant à d'honnêtes et modestes familles, nos jeunes héroïnes devaient grandir sans le secours d'une baguette magique. Ne la cherchez donc pas dans un palais de cristal, ni dans un château de rubis ; leurs charmantes maisonnettes, tapissées de lierre et de verdure, étaient, à la vérité, très-plaisantes, mais elles ne tenaient en rien du prodige.

Nos trois jeunes amies étaient à peu près du même âge ; l'une avait dix ans, l'autre neuf ans et la plus jeune venait de compter huit printemps. Rien ne les distinguait extérieurement des autres enfants de leur âge, la nature n'avait rien fait de particulier pour elles. Mais leur âme était riche des plus précieuses qualités, elles étaient douces, prévenantes, aimables et pieuses, aimant ce qui est bien et chérissant déjà le devoir. Chez elles la vie débordait et déployait toutes ses richesses ; la santé resplendissait sur leurs traits dans toute sa vigueur. Heureuses de cette paix charmante que goûtent les personnes qui sentent leur conscience toujours en harmonie avec leurs obligations, elles se plaisaient à répandre la joie autour d'elles. Aussi toutes leurs compagnes recherchaient-elles leur société.

II

Mais vous attendez sans doute impatiemment les noms de ces trois petites filles ; les voici : l'une se nommait Angèle, l'autre Angéline et la plus jeune Angélina. Quel rapprochement de noms angéliques ! allez-vous dire. Vous avez raison, et ce qu'il y a de plus remarquable, c'est que le caractère de nos jeunes amies était en rapport avec les noms qu'elles portaient.

Unies dès leur plus tendre enfance, à cause du voisinage de leurs parents, elles allaient ensemble à la classe, à la promenade, se livraient aux mêmes occupations et partageaient les mêmes plaisirs. Jamais la plus petite discussion ne troublait leurs jeux enfantins. Elles avaient les mêmes goûts et les mêmes aspirations ; ce que l'une souhaitait, les deux autres le voulaient également. Aussi les voyait-on toujours de belle humeur ; la gaiete s'épanouissait sur leurs frais visages et on les entendait souvent partir de ces bons fous rires qui décelent une âme candide et heureuse. Elles écartaient soigneusement de leurs récréations ces mouvements brusques qui annoncent une mauvaise éducation ; jamais la moindre parole blessante ne s'échappait de leurs lèvres roses et vermeilles Elles n'avaient pas besoin de raffiner sur les jeux auxquels elles se livraient ; toujours joyeuses, parce qu'elles étaient raisonnables, leurs plaisirs étaient simples et leurs amusements naifs.

Tel est, au physique et au moral le portrait de ces trois petites filles. Il faut avouer qu'elles n'auraient pas été mieux partagées, quand même toutes les fées du monde eussent préside a leur naissance.

III

Un jour de congé, après s'être promenées ensemble et avoir épuisé leurs jeux habituels, elles vinrent se reposer et s'asseoir au pied d'un petit monument surmonté d'une statue de la Vierge que les habitants du village avaient fait ériger sur le bord du chemin.

Les petites filles, tout essoufflées ne disaient rien, mais considéraient la statue d'un regard pieux et tendre Tout à coup, Angélina se levant, dit à ses compagnes : — Il me vient une idee ; faisons, si vous voulez, une couronne pour cette gracieuse protectrice des voyageurs, que nos parents venerent et que nous aimons ; allons chacune de notre côté, à la recherche des plus jolies fleurs.

Angèle et Angéline approuvèrent spontanément cette idée de leur jeune compagne. Toutes trois, bien que lasses, partirent comme un trait pour cueillir les fleurs qui croissaient sur les buissons où sur les bords du chemin. Leur course ressemblait à celle d'un jeune faon qui prend ses ébats dans la plaine.

Bientôt elles revinrent au lieu du rendez-vous, apportant chacune une ample moisson de fleurs. Alors, sans examiner qui avait les plus belles, elles commencerent leur gracieux travail.

Il aurait fallu un peintre pour exquisser le souriant tableau qu'offraient ces trois jeunes filles formant avec une ardeur enfantine la couronne qu'elles destinaient à la Dame de bonne grâce.

La douce clarté de l'astre de nuit laissait pénétrer ses pâles rayons à travers les arbres ; on n'entendait plus dans la plaine que les chants de quelque pâtre, ou le son argentin d'une petite clochette. Le bleu firmament parsemé d'etoiles brillantes ressemblait à une riche et immense tenture, et les derniers parfums qu'exhalaient les plantes et les fleurs, jetaient l'âme dans une pieuse rêverie

Vous est-il arrivé quelquefois, ô enfants, de ressentir dans vos promenades champêtres cette douce influence que les beautés de la nature exercent sur les cœurs sensibles? Avez-vous compris combien est admirable l'œuvre de la creation, et combien est bon l'auteur de tant de merveilles ?

Quant à nos petites amies, elles se trouvaient recueillies dans une muette et profonde admiration ; elles maniaient les fleurs avec leur adresse accoutumée, et cependant il était facile de remarquer que leur jeune intelligence était captivée par le spectacle grandiose qui s'offrait à elles.

IV

Que le ciel est beau, dit enfin la douce Angèle, et que la terre est merveilleuse ! Que notre village me paraît joli ce soir ! Il me semble que si les anges quittaient leurs célestes régions, ils ne trouveraient pas indignes d'eux le riant séjour que nous habitons.

Tu as raison, répondit Angeline, je pense tout à fait comme toi ; mais va, les anges ne quittent point les cieux, et nous n'aurons pas le bonheur de les voir parmi nous.

Qui sait, dit ingénûment Angélina, il me semble les avoir entendus déjà chanter plus d'une fois auprès de moi ; pourquoi ne les verrions nous donc pas ?

Les deux jeunes amies d'Angélina allaient lui demander de plus amples explications, quand tout-à-coup elles entendirent un faible bruit au-dessus de leurs têtes. Surprises, elles regardent et aperçoivent la plus gracieuse apparition qu'il soit possible d'imaginer : trois jeunes enfants, radieux comme l'aurore, beaux comme le jour, soutenus sur une vapeur légère et argentée et se balançant dans l'air ; les longues boucles de leur chevelure encadraient leur visage, et retombaient en ondulations sur les ailes d'azur qui les dirigeaient dans l'espace ; leurs yeux, bien que temperés par une céleste douceur, jetaient des étincelles de lumière ; un ineffable sourire se jouait sur leurs levres de rose ; ils tenaient à la main un sceptre d'or, et leur front d'albâtre était orne d'une couronne de laurier.

V

Les trois amies, plus surprises qu'effrayées de cette apparition, se leverent spontanement ; mais avant qu'elles fussent revenues de leur premier etonnement :
— Calmez-vous dit un des messagers aeriens, et n'interrompez pas les occupations auxquelles vous vous livrez Nous sommes vos anges gardiens dont vos bonnes meres vous ont si souvent parle. Etant au service de l'auguste reine que vous allez couronner, c'est de sa part, et pour satisfaire le pieux souhait que vous manifestiez à l'instant, que nous venons vous aider.

Alors les enfants du ciel se reposèrent à côté des enfants de la terre, et le Seigneur qui gouverne les deux empires, dut sourire du haut de son trône, et contempler avec amour cette touchante réunion.

Or, enfants, lorsque vous êtes sages, vous ressemblez aux anges, et vous attirez sur vous les mêmes regards de Dieu qui cherit l'innocence et la vertu.

Cependant les travaux reprirent leur cours ; les trois anges se prêtaient de bonne grâce à ces charmantes occupations de nos jeunes filles : l'un donnait une rose, l'autre présentait un œillet, et le troisieme des plantes de verdure. Les fleurs artistement mélangées et nuancées, formaient la plus jolie guirlande que l'on puisse supposer.

Mais vous savez que les petites filles ne sauraient garder longtemps le silence ; après donc que la première émotion fut passée, la conversation s'établit.

— Beaux anges, dit timidement Angélina, puisque vous habitez cette superbe demeure qu'on appelle le Paradis, parlez-nous en et racontez-nous ce qu'on y fait ?

— Il ne nous est pas permis, répondit un ange, de découvrir aux habitants de la terre, toutes les magnificences de la cité de Dieu et des saints; cependant, pour vous en donner une idée, je vous dirai que le Ciel est la réunion de tout ce qui est beau et gracieux ; les yeux sont sans cesse charmés par des merveilles qui surpassent toutes celles que vous pouvez imaginer. Le roi du céleste empire, assis sur un trône plus brillant que le soleil, est entouré par des milliers d'anges qui exécutent sur des harpes et des lyres d'or des cantiques d'allégresse, et les cœurs pénétrés de la plus profonde reconnaissance, se sentent constamment attirés vers le Seigneur par un ineffable amour. La souffrance est inconnue dans la Cité céleste et l'on y jouit de la félicité la plus parfaite.

Ah ! que je voudrais aller au ciel, s'écrierent à la fois les trois jeunes filles.

— Rien n'est plus facile, poursuivit un autre ange. Continuez à être toujours simples, dociles et pieuses. Aimez le travail, respectez et chérissez vos parents; cultivez soigneusement la précieuse fleur de l'innocence, c'est-a-dire cette vertu qui vous rend semblables aux habitants des cieux ; c'est la le chemin qui conduit au bonheur et vous ouvrira les portes du Paradis.

VI

Cependant la couronne était terminee ; il ne s'agissait plus que de la placer sur le front de la Madone. Angèle se chargea de ce soin et la posa avec un pieux respect sur la tête de la protectrice des voyageurs, en lui adressant du fond de son cœur et au nom de ses compagnes, une fervente prière

Alors, les anges réunissant quelques fleurs qui restaient, commencèrent chacun une couronne, et la montrant aux jeunes filles surprises et intriguees de ce nouveau travail : — Souvenez-vous, leur dirent-ils, que cette couronne qui vous est destinée, sera ornée d'une nouvelle fleur, chaque fois que vous ferez une bonne action Adieu, nous veillerons toujours sur vous, et nous vous attendrons là haut. Deployant ensuite leurs ailes, les messagers célestes s'élancerent dans les airs. De temps en temps ils s'arrêtaient pour regarder les trois amies, qui, les yeux levés au ciel, les contemplaient avec admiration. Enfin un léger nuage les enveloppa entierement, ils disparurent, et il ne resta d'eux aux jeunes filles qu'un mystérieux et doux souvenir.

On dit que depuis cette agréable vision, elles devinrent de plus en plus dociles, modestes et vertueuses. Elles firent la joie et le bonheur de leurs parents, le charme de toutes les personnes avec lesquelles elles se trouvaient. C'est ainsi qu'elles meritèrent , dans la ıite, d'aller recevoir au ciel, la couronne qu'elles vaient vu commencer sur la terre

J. LAMBERT,
Officier d'Académie.

LE BOUQUET DE VIOLETTES

Je venais de sortir de l'Ecole militaire, avec le grade e sous-lieutenant. et je fus dirigé sur Montauban pour tre incorpore dans le 11me de ligne

Des amis, on en trouve partout, m'offrirent, pour èter mon arrivée, un punch au cafe mille colonnes ; entretien fût cordial. et apres avoir parlé de nos gloires ıtures, nous allâmes, à 8 heures, sur la promenade des cacias ; car j'avais oublie de dire que c'était a cette eure là que la délicieuse musique du 11me de ligne, ingee par M. Vincent, fait entendre ses concerts si bien oûtés du public et des connaisseurs J'arrivai donc sur ı promenade avec mes nouveaux amis dont la gaîté xcitée par le récit de leurs aventures galantes, faisait ibrer dans mon cœur une corde discordante car je 'avais jamais aimé, et cependant, j'avais une soif rdente d'amour.

Hélas ! toujours penché sur les livres et ètre conamné à résoudre des problèmes souvent insolubles, esprit s'atrophie a ce travail ingrat, mais il arrive un ıoment où le cœur se réveille et où l'amour reprend on empire.

L'amour ! ô l'amour ! voilà ce que je rêvais dans mes eures solitaires, et je voyais alors passer devant mes eux toutes ces splendides beautes dont l'histoire avait ıissé dans mon esprit le plus doux et le plus charmant ouvenir.

Sans doute, je ne pouvais plus les posséder ces belles théniennes, dont les noms fameux sont gravés en lettres d'or sur le cartulaire de l'amour, mais il me semblait qu'un amour tendre, ingénu, aurait réalisé tous mes rêves, toutes mes espérances. Arriere ces grandes coquettes et ces trafiquantes d'amour dont les sens amortis ne se reveillent qu'au bruit des pièces d'or, Arriere aussi ces femmes qui vous disent : *Je t'aime!* entre deux baisers et qui, le lendemain, s'en vont, à la recherche de nouvelles amours !

L'amour, l'amour, je l'avais ainsi compris, devait être pur et idéal, car s'il ne s agit que d'un rapprochement fortuit entre deux êtres, il vaut mieux briser cette coupe ou vont s'abreuver les débauches du jour, et comme les Romains, se coucher sur un lit de roses pour célebrer les jouissances du festin.

Nous arrivâmes donc sur la promenade des acacias. Elle était pleine de monde. Quelles élégantes toilettes, où sous les verts berceaux de feuillage et les rayons adoucis du gaz, elles ressortaient davantage, mais aussi que de minois charmants ; et comme avec si peu d'atours, la grisette montalbanaise sait donner à ses charmes ce cachet que l'on ne trouve pas autre part. J'étais passé par Bordeaux, en venant à Montauban, mais quelle différence entre les grisettes de ces deux villes ! Si les unes attiraient mes regards par une certaine gracieuseté dans leur desinvolture, celles-ci m'apparaissaient avec cet aimable sourire ou l'amour semblait avoir fait rayonner toutes ses effluves.

La musique jouait des airs empruntés à l'Opéra de Faust, ce chef-d'œuvre de Gounod. Je me trouvai près d'une jeune fille qui écoutait avec la plus grande attention et dont les mélodies répétées par les instruments semblaient produire une certaine sensation sur son cœur. Elle pouvait avoir seize ans environ. mais comment pouvoir depeindre, dans le langage humain, une si charmante créature. Je vivrais mille ans, que son image ne sortirait pas de ma mémoire.

Figurez-vous une chevelure opulente avec des reflets d'or et dont les boucles caressaient amoureusement son cou blanc comme la neige ; sa taille emprisonnée dans une robe dont les ornements du jour étaient bannis, n'en faisait que mieux accentuer la beauté sculpturale ; des yeux dans lesquels se reflétait la couleur du myosotis, faisaient songer au doux azur du ciel, et puis, un petit pied a faire envie à la pantoufle de cendrillon, un simple bouquet de violettes était placé sur son sein. Les suaves parfums qu'il exhalait, arrivaient jusqu'a moi et je les savourais avec délices. — Tout en elle était grâce et charme, et elle possédait ce je ne sais quoi qui vous attire et vous invite à l'adoration. Je la contemplai donc, et ses yeux bleus en se tournant vers moi, produisirent dans tout mon être une révolution interieure, et je fus tout-a-coup transfigure. Ah! c'était bien l'amour, le veritable amour dont je sentis alors s'infiltrer les rayons brûlants dans mon cœur. Il palpita... et dès ce moment, je l'aimai? O hazard ! O sort étrange !

La musique finit. La promenade se depeupla peu à peu, et la jeune fille resta seule à mes côtés. Je lui offris mon bras qu'elle accepta gracieusement, et je l'accompagnai dans une chambre modeste qu'elle occupait dans le faubourg du Moustier. — Pour y arriver, le chemin n'était guere facile. Elle logeait a un troisieme étage. L'escalier etait étroit et tortueux avec une rampe qui vacillait a chaque instant ! Nous arrivâmes dans sa chambre... une lune splendide, une veritable lune d'Orient, éclairait le paysage qui se deroulait sous nos yeux. La douce brise du soir balançait le feuillage et en tirait des sons harmonieux Le ruisseau du Tescou dont les eaux caressaient mollement les contours, ressemblait à un long ruban argenté. — Plus loin, le Tarn réflétait, comme dans un miroir, les rayons bleuâtres de la lune.. et le fond du paysage dans lequel on pouvait distinguer au loin les cimes neigeuses des Monts

Pyrénéens, était baigné dans une tiède atmosphère qui lui donnait l'aspect d'un splendide décor d'opéra. Les fleurs mêmes, pour donner toute la magie à ce tableau, laissaient échapper de leurs corolles entr'ouvertes, des parfums aussi doux que ceux des encensoirs.

La nature ne respirait enfin que calme, volupté et amour!

Je me tournai alors vers elle, et je lui dis : « Quel spectacle magnifique, et comme deux êtres seraient heureux de pouvoir s'aimer sous ce beau ciel et au milieu de toutes ces splendeurs de la nature ! Elle baissa les yeux et ne répondit pas . seulement, un léger soupir s'exhala de son cœur, et je compris aux mouvements précipités de son sein, qu'une flamme nouvelle l'avait envahi tout entière et qu'elle aimait aussi ardemment que moi. Par un mouvement spontané, je me rapprochai d'elle .. J'entourai sa taille de mes bras... Je me penchai sur le bouquet de violettes pour en aspirer l'odeur et. .

Mais alors je me reveillai, car, hélas, ce n'était qu'un songe.

Aristide Carénou.

LE JOUR DE L'AN

Le jour de l'an !

Cette ellipse, qui ne signifie rien, puisque chaque jour de l'année est en réalité un jour de l'an, a cependant le don de mettre tout le monde sens dessus dessous pendant vingt-quatre heures.

C'est un branle-bas général : les sonnettes s'agitent furieusement ; les visites se succèdent et se croisent ; les mains se serrent avec effusion ; les verres se remplissent, se choquent et se vident ; les baisers retentissent avec sonorité, et des explosions de rires éclatent depuis la loge du concierge qui, dans sa joie exubérante, se permet d'embrasser la petite dame de l'entresol, jusque sous les toits où Jenny l'ouvrière, lasse de son excellente réputation, se décide à recevoir son voisin le peintre qui veut absolument lui offrir un bouquet de violettes; tout cela domine par le rhythme croissant d'une phrase banale et stéreotypec qui semble planer dans l'espace et que profèrent en même temps les milliers de bouches en cœur : Je vous la souhaite bonne et heureuse !

Les enfants entrevoient, dans leur imagination qui s'exalte, des monceaux de joujoux, des boites de bonbons s'effondrant sous d'énormes sacs de dragées, des danses macabres de pantins et de poupées du plus beau vermillon faisant vis à vis a des polichinelles demesurément bossus et a des pierrots blancs comme la lune. Ils attendent avec une impatience non dissimulée l'arrivée du grand papa et de la vieille tante qui paraissent enfin chargés de paquets multicolores. Quant aux pauvres gambins qui n'ont rien à espérer, ils vaguent dans les rues par bandes, l'aîné traînant le cadet, collant leurs pâles visages aux vitrine garnies des boutiques, et repaissant leurs yeux avides du spectacle de tant de jouets que leurs petites mains ne doivent jamais toucher !

Le jour de l'an, c'est le jour des visites cerémonieuses et intéressées, des cartes deposees à la hâte chez certaines personnes qu'on est ravi de ne pas trouver chez elles ; c'est le triomphe de la praline, des marrons glacés et du chocolat

Le commis vient dès l'aube présenter ses hommages à son patron dans l'espoir d'une augmentation dont on parle toujours et qu'on n'accorde jamais. La jolie actrice des Folies-Homeriques caresse amoureusement le crâne de son vieux monsieur qui ne sait comment lui dire qu'un krack de course l'oblige d'ajourner l'achat du petit mobilier promis. Votre portier, grincheur d'ordinaire, est plein de prévenance à votre égard, et pousse l'aménité jusqu'à monter cinq étages pour vous exprimer sa sympathie. La filleule accourt embrasser son parrain qui pourrait bien lui laisser un jour quelque chose, et plus d'un collatéral oublierait plutôt de dejeuner que d'aller visiter un vieil oncle à héritage dont il escompte depuis dix ans la fin prochaine et qu'il complimente avec enthousiasme de son admirable santé.

Du reste, si le jour de l'an est un jour férié, il n'est un jour de fête que pour un petit nombre de privilégiés.

Jetez les yeux sur ces avenues : elles sont encombrées de mendiants et d'infirmes qui implorent la charité distraite des passants. Parcourez cet hôpital : des centaines de malheureux y souffrent et y gémissent. Entrez dans cette chambre : vous trouverez une famille en pleurs et un malade qui agonise. Regardez dans cette rue : c'est un défunt que l'on conduit a sa dernière demeure, au milieu de la cohue des promeneurs et des gens affairés, et aux accords bruyants des orgues de Barbarie.

C'est triste le jour de l'an !

Le jour de l'an, c'est pour beaucoup le jour des regrets plus cuisants, des pensees plus sombres, des douleurs plus vives, et s'il vous advient de vous arracher un moment à vos occupations mondaines et de franchir le seuil d'un cimetière, vous pourrez voir, dans la solitude des allées, des ombres éparses, immobiles, accroupies lugubrement sur les froides tombes, et vous entendrez comme de longs sanglots s'échappant de poitrines fortement secouees. Ce sont des vivants pour lesquels le jour de l'an n'est plus qu'un jour de deuil ; des vivants qui s'absorbent dans le souvenir des morts chéris qu'ils pleurent, et qui, desespérés, se prennent a murmurer follement, devant un tombeau, comme si le passé existait encore : C'est moi ! Je viens te souhaiter la bonne année !...

Je n'aime pas le jour de l'an !

GEORGES GILLET

RONDEAU

A Mademoiselle F...
qui m'a envoyé un délicieux « soufflet ».

Pour un soufflet que j'ai reçu de vous,
Mon cœur charmé vous fera-t-il la moue ?
Jamais soufflet ne me parût plus doux,
Et je suis prêt, sans crainte et sans courroux,
Ma chère enfant, à tendre l'autre joue !

De votre main qui caresse et qui joue
Si vous saviez combien je suis jaloux !
On me verrait cent fois faire la roue
Pour un soufflet !

Par votre esprit qu'on admire et qu'on loue
Si j'étais sûr seulement d'être absous,
Je vous dirais — tout à fait entre nous,
Promettez-moi le secret si j'échoue —
Que je voudrais... mourir à vos genoux
Pour un soufflet.

(Décembre 89) EVARISTE CARRANCE.

L'HIVER

(PREMIER POÈME)

Adieu, c'en est donc fait du regne de Zéphire,
Le sombre enfant du Nord a conquis son empire,
Une dernière larme à la dernière fleur
Et le fils de l'Aurore, accablé de douleur,
Porte vers d'autres cieux une âme inconsolée ;
Pleurez, pauvre bosquet, pleurez, triste vallée.

Un sombre jour se leve, on voit à l'horizon
Des nuages épais, chasses par l'Aquilon,
La neige et le grésil fouettent la campagne,
L'hiver, comme un torrent, descend de la montagne,
Et de son froid linceul, il deroule les plis
Dans les prés et les champs, dans les vallons pâlis
Rien de vivant n'emerge au sein de la nature,
La neige a remplace les fleurs et la verdure.
En sa chambre, exilé comme l'oiseau captif,
Le poète compose un chant triste et plaintif;
On n'entend plus le pâtre, au fond de la vallee,
Chanter comme autrefois sous la verte feuillée.
La riviere immobile est glacee en son lit
Du remous de ses eaux, on n'entend plus le bruit
Et des roseaux fletris, dont la rive est jonchee,
Le vent soulève encor la masse desséchée
Car l'eau n'entraîne plus vers les profondes mers
Leurs débris disperses en mille endroits divers.
Borée, impétueux de son ardente haleine,
Souleve les vapeurs du flot qui se déchaîne
Et d'un voile de deuil, cette mer en fureur,
Dérobe les rayons d'un soleil sans chaleur.
Les grands taillis deserts et la forêt muette
Agitent dans le ciel leurs longs bras de squelettes
Eux qui, naguère encore, étaient frais et vivants.
Depouillés de verdure, et battus par les vents,
Sont devenus l'effroi de l'aimable jeunesse
Qui venait au printemps, savourer les caresses
Des parfums envoles avec l'oiseau joyeux
Et s'endormir au son des chants melodieux.
Les corbeaux affames s'assemblent dans la plaine,
Mais, rien pour soutenir l'existence incertaine
En ces champs désoles ou le froid les saisit
Ils jettent de grands cris que la neige assourdit,
Et leurs sinistres voix ensemble confondues,
Font retentir les airs de clameurs éperdues.

Les moineaux, sur les toits, poussent des cris plaintifs,
Qui vont mourir au loin en des sons fugitifs.
Et le pauvre gémit dans la froide mansarde,
A la porte glacée, un spectre fait la garde :
Ce spectre, c'est la faim qui, bientôt de ses jours,
Sur un lit de haillons va terminer le cours.
Cependant, le bonheur n'a point fui de la terre
Et ne s'est point caché sous l'ombre du mystère,
On peut le voir encore, habiter les palais,
Les boudoirs parfumés, pleins d'amoureux secrets,
Le théâtre, les bals, où se livre à la danse
La foule transportée, aux sons de la cadence,
La chambre de bébé, pleine de beaux joujoux
Où, l'heureuse maman, le contemple à genoux :
C'est à toi que j'adresse, ô femme à l'âme tendre
Les soupirs du maudit que tu ne peux entendre ;
Donne, pour que le ciel, réalisant tes vœux,
Passe de l'enfant doux un homme vertueux.

Ve Nestor Boulanger.

L'HIVER

En redit hyberni facies tristissima cœli.

Quand le givre apparaît, c'est l'hiver qui commence ;
Le soleil en cachant ses bienfaisants rayons,
Et la neige qui tombe en abondants flocons,
Des beaux jours de l'éte font regretter l'absence.

Non ce n'est plus l'été, ce n'est plus le soleil
Radieux et limpide à l'horizon vermeil ;
C'est le froid qui sévit, partout le ciel est sombre,
C'est le brouillard épais qui se glisse dans l'ombre.

Le vent souffle au dehors, furieux, violent ;
Ce n'est plus le zéphyr dont la douce caresse
Pénétrait tous nos sens d'une ineffable ivresse ;
C'est l'ouragan qui gronde et chasse le printemps.

Entendez-vous au loin dans la forêt obscure
L'éclat sinistre et dur du chêne qui se fend;
Ce n'est plus cette brise au doux et gai murmure,
Non, c'est le froid qui règne et l'hiver qui s'étend.

Lugubre voix du nord, sombre est ton harmonie,
Quand une brûme épaisse envahit l'horizon,
Quand le sol disparaît sous la feuille jaunie,
Et qu'un linceul de neige a couvert le sillon.

L'arbre n'agite plus son dôme de feuillage;
Le léger papillon sur les buissons en fleurs,
Ne montre plus au jour ses plus vives couleurs,
Et la fauvette au bois a cessé son ramage.

Adieu repos champêtre en ces charmants vallons
Qu'égayait des oiseaux l'aimable causerie;
Plus de joyeux ebats dans la verte prairie;
Plus de fleurs à cueillir sur les riants gazons.

Sur les eaux de l'étang qu'effleurait l'hirondelle,
Dont le froid maintenant a suspendu le cours,
Vous ne me verrez plus dans ma frêle nacelle,
Emporté par la brise au déclin des beaux jours.

Dans ces sentiers fleuris, où sous de frais ombrages
J'aimais un livre en main tant a me reposer,
L'impitoyable hiver a couvert ces bocages
D'un froid tapis de glace où l'on n'ose passer

Combien sombre est l'aspect que revêt la nature,
Quand les champs depouillés de leurs riches moissons,
N'offrent plus aux regards qu'égayait la verdure,
Que le givre partout et partout des glaçons.

Laboureur vigilant, rentre ton attelage,
Car la bise sévit, cesse tous tes travaux,
Pour les reprendre ensuite avec plus de courage,
Quand le printemps aura reverdi les coteaux.

Du vieillard indigent, entendez-vous la plainte ?
L'hiver, hélas ! pour lui se montre bien trop tôt ;
De ses membres glacés la chaleur est éteinte,
Et pour les ranimer le feu lui fait défaut.

Pour se mettre à l'abri de l'âpre et froide bise,
Le riche s'est couvert d'un plus chaud vêtement ;
Mais le pauvre sur qui le froid a plus de prise,
Recouvert de haillons, grelotte à tout moment.

La mère qui toujours veille sur sa famille,
Contemple ses enfants doucement assoupis :
Dormez, enfants chéris, car le feu qui pétille
Va bientôt réchauffer vos membres engourdis.

Sous les lambris dorés qu'habite l'opulence,
On ne craint pas l'hiver, on rit de ses rigueurs ;
Mais sous le chaume, hélas ! qui couvre l'indigence,
Combien le froid toujours fait-il verser de pleurs.

Bien que l'hiver pour nous ramenant chaque année
La bise et les frimas ne soit pas attrayant,
Il ne nous ôte pas l'espérance fondée
D'une saison plus douce et de jours plus riants.

J. LAMBERT,
Officier d'Academie.

LE CENSEUR

SATIRE

C'est vous même, ô Censeur, que je viens censurer :
Vous avez des défauts, qu'on ne peut endurer.
Assez et trop longtemps ma coupable indulgence
De vos lâches propos a souffert la licence.
Est-ce bien, dites-moi, de faire le coquet ?
De se croire un lion, quand on n'est qu'un roquet ?

De bavarder toujours, d'emboucher votre lyre,
Pour mentir lâchement, quand on ne peut médire ?
De blaguer, discourir sur le compte d'autrui ?
De ternir celui-là, de blamer celui-ci ?
De vous donner le droit de juger tout le monde ?
De faire le Caton, sur la terre et sur l'onde ?
Les humains, dites-vous, sont tous lâches et faux !
Serait-ce donc à vous d'étaler leurs défauts ?
Avant de faire ainsi le pédant et le maître,
Soyez irreprochable et veuillez moins paraître.
Osez-vous censurer, sans mesure et sans freins,
Quand vous êtes si vil, le plus noir des humains ?
Au moins, pour les fletrir les uns après les autres,
Ayez un cœur moins dur et vos deux mains plus propres.
Eh ! quel serait le fruit de vos tristes propos,
Si, blamant le prochain, vous blamiez vos défauts ?
De vous même, en ce cas, vous feriez la satire,
Et de votre portrait le public pourrait rire.
Vous seriez donc, alors, ce rare medecin,
Mourant empoisonne de son propre venin.
Si votre muse donc veut entrer dans la lice,
Pour flétrir des humains la coupable malice,
Soyez vous même, alors, un miroir de candeur,
D'estime et de respect, de noblesse et d'honneur.
Sans quoi, comment oser distiller votre bile,
Si vous étiez, helas ! l'être le plus debile ?
Qu'alors même vos vers respirent la bonte,
Qu'ils soient vifs et légers, pleins de suavité ;
Qu'ils lardent des humains la coupable licence,
Tout en gardant, pour eux, l'estime et l'indulgence ;
Que, d'un style de fer et qui rive le trait,
De leurs vices affreux ils tracent le portrait ;
Qu'ils soient de leurs forfaits le miroir et l'image,
Et que tous, les lisant empreints sur leur visage,
Ils comprennent, soudain, le coupable dessein,
Qui les pousse a parler sans mesure et sans frein

Prenez de Juvénal le sel et la malice ;
Que le trait acéré leur serve de supplice ;
Qu'en les frappant au front, il laboure leur cœur,
Qu'ils l'arrachent, en vain, pour calmer leur douleur.
Empruntez, quelquefois, de Virgile et d'Horace
Le jeu, le mouvement, la noblesse et la grâce,
Qui donnent au portrait la vie et le piquant
Et le rendent plus doux, plus riche et plus riant.

C'est aussi, dans ce but, que ma muse discrète
Se promet, aujourd'hui, les airs d'une coquette :
Qu'elle prend, en passant,et revêt tour à tour,
Les grâces des neuf sœurs et les crocs du vautour.
Ne crains pas, ô ma lyre, en cette noble cause,
En respectant les noms, de flageller la chose !
Eh, quel serait le fruit de ta verte leçon,
Si tu venais taxer Bertrand de limaçon
Dire du fier Robert, qu'il parle sans mesure ?
Qu'il blesse du bon sens l'éternelle droiture ?
Que guindé, haletant, de son regard profond,
Pour appeler le mot, il fixe le plafond ;
Que son geste décrit le jeu d'une roulette,
D'un pere tisserand imitant la navette ;
Que ses discours pompeux n'ont ni forme ni fonds,
Et qu'ils n'apprennent rien, bien qu'ils soient si féconds ;
Que, si son faible esprit se débat et s'éveille,
Quand il se trouve à table et près de la bouteille,
N'attendez, même alors, un mot vif et soudain :
Il vit des souvenirs du grec et du latin ;
Qu'à ces faibles tournois se préparent d'avance,
Il cite de mémoire et parle avec jactance,
Ainsi pose Robert, en ses charmants propos,
Des classiques auteurs détachant quelques mots.
Mais que fais-tu, ma lyre, et quelle est ton audace,
D'oser du fier Titan affronter la disgrâce !

Joseph a plus de sens, un regard plus profond ;

Il conçoit aisément et se montre fécond ;
Sans jamais trebucher, il vous cite le texte,
Qu'il sait mieux que Patru ne savait le Digeste.
N'étant pas orgueilleux, se proposant le bien,
Il parle en bon apôtre, en orateur chrétien.
Intrépide ennemi des doctrines sauvages,
Dont se laissent bercer les foules si volages,
Il s'irrite et, soudain, brulant d'un saint dépit,
Il enflamme son cœur et monte son esprit ;
Et, cédant aux ardeurs de sa vive tendresse,
Il voudrait les guérir de cette folle ivresse.

Michel parlerait bien, s'il était moins verbeux ;
Si le sens et les mots s'accordaient mieux entr'eux.
Ma lyre n'aime pas ce grand flux de paroles,
Qui sonnent à l'esprit comme autant d'hyperboles,
Un langage ampoulé fatigue l'auditeur :
Eclairant peu l'esprit, il effleure le cœur.
Qu'il sonde du sujet le fond et la surface,
Que son style soigné soit vif et plein de grâce.
Facile est ce travail : quand on voit clairement,
A leur place les mots se rangent promptement.
Alors, l'esprit épris soudainement s'enflamme,
La lumiere jaillit, s'echappe en traits de flamme.
Mais qu'il n'imite pas l'audace d'un bretteur !
Que son humilite lui gagne l'auditeur ;
Qu'il évite, avec soin, cette fiere arrogance,
Qui choque tant les cœurs et les ferme d'avance ;
Qu'il ne se prêche pas, se propose le bien ;
Qu'il soit doux, charitable, en un mot, tout chrétien ;
Qu'il laisse de côté la sotte afféterie,
Qui le ferait courir après la flatterie ;
Que tout respire, en lui, le zele d'un pasteur ;
Qu'il soit, pour son troupeau, l'image du Sauveur.

Qu'on aime ce docteur, qu'on se plaît à l'entendre
Nous parler de Jésus, de sa bonté si tendre ;

Nous peindre, en traits de feu, sa douceur, son amour,
Et nous exciter tous à l'aimer sans retour !
Comme un ruisseau limpide et qui coule sans gêne,
Arrose, en serpentant, et féconde la plaine,
De même ce sujet, d'un ton plein de candeur,
Enrichit notre esprit, embaume notre cœur.
Son geste est naturel, sa parole facile,
A son appel, le mot n'est jamais indocile ;
Après avoir mûri, pénétré son sujet,
Il l'habille si bien, qu'il en fait un bouquet ;
Car il a sous la main les plus suaves roses,
Qu'il a soin de cueillir, quand elles sont écloses ;
L'abeille, mieux que lui, ne fait pas son butin,
En suçant, à son gré, les fleurs de son jardin ;
De son charmant discours la clarté se dégage,
Et l'on reste ravi de son joli langage.
Il réunit en lui le goût de Fénélon,
L'abondance, le feu, le tour de Massillon.
Du premier, ce me semble, il imite la grâce,
Il suit l'autre, d'un pas qui jamais ne se lasse.
Son discours est si clair, tellement transparent,
Que l'ignorant saisit, comme le plus savant.
Ainsi parle, à mon sens, ce docteur plein d'adresse :
De son cœur embrasé deborde la tendresse :
Sa prose est séraphique, et, sans lever la voix,
Eveillant nos regrets, nous fait aimer la croix ;
S'offrant lui même à tous comme un vivant modèle,
Il affermit, en moi, le vœu d'être fidèle.
Comment donc s'étonner que ce tendre pasteur
Fasse de son troupeau la gloire et le bonheur,
Et que, de sa houlette, il protege les âmes,
Qu'il éclaire et nourrit de ses brûlantes flammes.

L'Abbé Duthu.

DEUX IDYLLES

I

Le Premier Éventail

Sous un bosquet touffu, douce et calme retraite
Du jardin merveilleux, du fortuné séjour
Dont nos premiers parents aimaient l'ombre discrète,
Sur un lit verdoyant, Ève dormait un jour.
Adam la contemplait. Son seduisant visage,
Qu'un sourire enchanteur rendait plus gracieux,
Présentait à l'époux la plus charmante image,
Le plus touchant tableau pour le cœur et les yeux.

Autour de l'endormie un beau papillon rose
Voltige, sans souci de troubler ce sommeil,
Et sur ces blonds cheveux innocemment se pose,
Comme sur une fleur ouverte au grand soleil.

Plein de zele et de soins pour sa compagne aimable
Adam prend une feuille au plus proche palmier,
L'agite doucement et fait fuir le coupable.
De tous les éventails ce fut là le premier !

II

Adagio Amoroso

Tout au fond du jardin, dans une allee ombreuse,
Bras dessus, bras dessous ils marchaient a pas lents ;
Phébé tout autour d'eux lançait ses rayons blancs :
C'était un homme heureux près d'une femme heureuse.

Ils se causaient tout bas ; dans ce calme séjour
Rien ne pouvait troubler leur douce rêverie,
Et leurs cœurs, revenant à l'idylle chérie,
Se dictaient l'un à l'autre une page d'amour.

— Ami, te souviens-tu de ce beau soir d'automne !

Comme aujourd'hui tous deux, et la main dans la main,
Pour la première fois nous suivions ce chemin,
Ecoutant du ruisseau le refrain monotone.

— Ah ! comment l'oublier, ce fortuné moment ?
De ma félicité marquant l'heure premiere,
Dans mon âme obscurcie il porta la lumière ;
De tous mes souvenirs c'est la le plus charmant.

Et l'esprit enivré de l'amoureux poeme,
Au sein de l'ombre douce et de l'air parfumé :
Ah ! murmurait l'époux, j'aime et je suis aimé !
L'épouse répondait : Je suis aimée et j'aime !

A. DE MEUNYNCK.

LES ANIMAUX UTILES

LE ROUGE-GORGE

Salut ! ô doux zéphirs, en chassant la froidure,
Votre souffle embaumé fait naître la verdure ;
Folâtrez ! égayez le printemps rajeuni ;
Dont la douce chaleur, va bientôt faire éclore,
Les enfants du Dieu Faune et les filles de Flore.
Le soleil passe au nord et l'hiver est fini.

Sur vos ailes, porte de l'un a l'autre pôle,
L'arbalete à la main, le carquois à l'epaule :
L'amour accompagné des grâces et des ris,
Attaque avec ardeur la joyeuse provence,
A ses coups, les amants se livrent sans prudence,
Sachant bien que vaincus ils remportent le prix.

L'aurore fait pâlir l'amoureuse Diane,
Apollon va paraître ; un rideau diaphane,
A déjà remplacé le voile de la nuit :

A l'Orient s'étend une nappe vermeille,
Vénus à disparu ; la nature s'ĕveille,
Le mouvement, la vie ont commencé leur bruit.

Sous ces bords festonnés, un nuage s'irise,
La lumière s'etend, dore la vapeur grise,
Descend sur les coteaux, éclaire les villas.
Je vois celle où m'attend la charmante famille,
De mon frere Dorval ; causant sous la charmille,
Qu'ornent les lauriers-thyms et les fleurs de lilas.

Je foule un vert sentier dans la riche prairie,
D'iris, de boutons d'or deja toute fleurie,
Qu'un canal d'eau limpide et de nombreux ruisseaux
Sillonnent lentement ; leurs ondes passagères,
Aux pieds des tamaris et des vertes fougères,
Vont, sans cesse porter les bienfaits de leurs eaux.

Dorval étant sorti ; jolie et gracieuse,
Sa femme me reçoit, la figure joyeuse,
Me montre ses enfants sur les bords du canal,
Cueillant déjà des fleurs, étudiant leur nature,
Leur vertu médicale et leur tendre parure
L'alouette chantait son hymne matinal.

Mes deux nièces, Marie et sa jumelle Aline,
Me saluent avec grâce. à mon tour je m'incline :
Où donc est votre frère ? les deux sœurs, rougissant,
Implorent le pardon, de leur mère pour Georges ;
« Il est allé chercher un nid de rouges-gorges,
« Que nous avons trouvé ce matin en passant. »

O malheureux enfants, la désobéissance
Est une faute grave et depuis votre enfance :
Vous avez aujourd'hui, l'âge de la raison :
Votre éducation qui par mes soins conduite,
Vous donnait le bonheur, un instant l'a détruite :
Pas plus que nous, l'oiseau ne veut être en prison.

Un nid de rossignol doit être un sanctuaire,
Pour les enfants bien nés, qui doivent le soustraire
A la rapacité de tous les voyageurs ;
En imitant ceux-ci, d'une douleur amère,
Vous avez affligé le cœur de votre mère,
Qui craint pour vous : souvent, le faible a des vengeurs.

Vous faire de la peine, oh ! mère bien chérie,
Jamais ! croyez nos cœurs, de moi, de sœur Marie,
Vous n'aurez à souffrir une seule douleur :
Ah ! nous vous aimons tant ; la desobéissance
De Georges, ce bon frere, est toute en son absence,
Le voici, je le vois sans le nid, ô bonheur !

Aline fait un signe avec sa main mignonne,
Georges vient en courant et sur son front, rayonne,
Le fluide indicateur de la tiède saison :
« Bonjour ! oncle Toussaint ! quel bon vent vous [amène ?]
« Comment va la santé de tante Philomene ?
« Lise est-elle avec vous ? Je cours à la maison. »

Arrête ! mon enfant, dit la voix caressante
De la prudente mère ; en arrivant, la tante
Viendra bien jusqu'ici ; sur le gazon en fleurs,
Viens t'asseoir au soleil, essuyer ta figure ;
Raconte-nous ta course et par quelle aventure,
Tu n'apportes le nid que désiraient tes sœurs.

« Barbare, je voulais enlever par rapine,
« Ce nid ; l'oiseau, perche sur un brin d'aubépine :
« Et ne pouvant me voir, cache par des roseaux :
« Chantait, tout pres du nid pour charmer sa compagne.
« L'air était calme et pur, partout dans la campagne,
« L'insecte sur la fleur attirait les oiseaux. »

L'aubépine s'ornait, un château de verdure,
Formé par la feuillee autour de sa ramure,

Allait mettre à l'abri le chantre et ses amours ;
Déja, de fines fleurs, étoiles argentées,
« Répandaient leurs parfums. Ses roulades chantées,
« Le mâle prend son vol, l'autre couvait toujours. »

« J'approche pour bien voir ; ce nid, fine corbeille,
« Œuvre de deux oiseaux etait une merveille :
« Sur ses œufs, la femelle immobile en couvant,
« Darde sur moi ses yeux, deux vives étincelles ;
« Ma main va la saisir, elle agite ses ailes,
« File comme un eclair et crie en se sauvant. »

« Le mâle à son appel, sortant de la prairie,
« Voltige autour de moi, superbe en sa furie :
« Je vais prendre le nid, il se pose en chantant,
« Développe sa voix, et son brillant ramage,
« Fait plus pour le sauver, que sa sterile rage :
« La femelle revient, je m'eloigne à l'instant. »

« L'acte prit moins de temps que j'en mets à le dire :
« J'écoute mon vainqueur ; avec un doux sourire,
« Je pense a notre mere, à ses sages leçons :
« (Protégez les oiseaux : ennemis de l'insecte),
« (Qui détruit la recolte, ou l'abandonne, infecte :)
« (Ils joignent au bienfait, leurs joyeuses chansons. »)

« Je m'assieds pour l'entendre, à l'ombre d'un vieux [charme ;
« Son éclatante voix, m'eblouit et me charme ;
« Mon oreille devient sensible a ses beautes,
« J'étudie avec soin, cette voix précieuse
« Si pleine d'agréments, flexible, harmonieuse,
« De beaucoup d'étendue et de variétes. »

« Il commence à mi-voix, trois tons mélancoliques,
« Continue, en traînant, trois strophes identiques,
« Puis, par degré, les tons s'élevent en courant,
« Et dans ce crescendo, sa voix se développe,

« Eclate, s'adoucit, marche, roule, galope.
« S'arrête en un point d'orgue 𝄐 et finit en mourant.

« Il va de branche en branche. En chantant dit Marie ?
« Oui ! dans son chant d'amour, chaque strophe varie,
« Vingt couplets différents sortent de son gosier :
« Mais il part, tout a coup, lancé comme une fleche,
« S'arrête près de moi, sur une tige seche,
« Que l'hiver a flétrie, au sommet d'un rosier.

« A peine vient de naître un frais bouton de rose,
« Déjà sur sa corolle un puceron se pose,
« Ce petit monstre ailé va le déchiqueter :
« Ses beaux yeux l'ayant vu, le rossignol volette,
« En planant sur la fleur ; il enleve la bête,
« La tue et l'engloutit, sans même becqueter.

« Se penchant sur la branche il jette un cri de guerre,
Plonge dans une fosse et revient sur la terre,
« Tenant dedans son bec un rouge vermisseau,
« D'un coup de bec au sol, il le tue et l'avale :
Un vol de cousins passe, il trottine et dévale
Dans le sentier que suit le courant d'un ruisseau.

Ces diptères à trompe ; armés par la nature
D'un dard empoisonné, dans l'athmosphere pure,
« Vont en tourbillonnant . leur essaim venimeux ;
« Sorti du sein des eaux, quand la seve s'éveille ;
« S'eparpille la nuit ; tout être qui sommeille,
Craint d'un bourdonnement, les baisers douloureux.

Le rossignol s'élance et coupe leur colonne :
J'entends son bec claquer pendant qu'il les moissonne,
Appelant, par ses cris, les oiseaux d'alentour .
Mesanges, martinets viennent a la curee,
Des insectes cruels la perte est assurée ;
Lorsque sur les vainqueurs vient planer un autou .»

« Pour sauver mes amis, j'interviens avec joie,
« Le métal meurtrier abat l'oiseau de proie,
« Au bruit tout disparaît, seul, l'oiseau familier,
« Vient courir pres de moi, sans craindre mon tonnerre :
« Il part : en ce moment, me baissant vers la terre,
« Je saisis ma victime, un autour à collier. »

« Le rossignol revient, sa voix est triste, inquiète :
« Ce genre par Cuvier appele rubiette,
« Perd son chant dans le jour : son éclat elevé
« Qui me charmait, devient plus délié. plus tendre,
« C'est un gazouillement, qu'il ne peut plus étendre,
« Qu'au crépuscule ; adieu ! le soleil est levé »

« J'allais me retirer, pensant que son plumage,
« N'avait aucun attrait après son doux ramage ;
« Il m'apparaît plus beau, l'astre du jour aidant :
« Son dos est d'un gris brun tirant sur l'olivâtre,
« Œil superbe, bec fin, ventre blanc, flanc bleuâtre
« Poitrine, gorge, front et cou d'un roux ardent. »

« C'est presque le drapeau de notre belle France.
« Ce qui donne à son corps de chetive apparence,
« Un port noble · son chant le fait roi des enclos
« Il prend son tour au nid, je lui fais la promesse,
« De protéger ses œufs, de les garder sans cesse,
« Ainsi que ses petits ; lorsqu'ils seront éclos.

« Mère ! t'ai-je obéi ? Je crois qu'il est licite,
« De tuer ce qui nuit » L'oncle le félicite,
D'être naturaliste et d'avoir un bon cœur :
Il faut, pour être juste, agir avec prudence,
Toute race est utile et sans la providence,
L'équilibre detruit, serait un grand malheur.

« Pardon ! voici ma tante, ainsi que ma cousine.
« Qu'accompagnent mon pere et le fiancé d'Aline, »
Celle-ci rougissant cache un joli bouquet ;

Georges le lui ravit, et quoique sa sœur dise,
Il se sauve en courant, il est auprès de Lise
Qu'Aline crie encor, mes fleurs ! petit coquet !

La Seyne, 8 Mars 1890 PASCAL.

UN DRAME DANS UN SONNET

SOUVENIR D'AFRIQUE

Belle comme Vénus, fille et sœur de guerriers ;
Telle était Meriem ; une jeune Kabyle :
Elle aimait un français ; souvent sous les palmiers,
Leurs deux cœurs se parlaient, dans un bonheur tranquille.

Un soir, Meriem dit : Vois ces deux cavaliers,
L'un approche de nous, l'autre reste immobile ;
Là ! là ! mon fiancé ! quitte ses étriers,
Mon frere ! sauvons-nous ! trop tard ! c'est inutile :

Le cavalier s'élance un poignard à la main,
Il enlève sa sœur qui se débat, en vain ;
L'autre attaque Fernand, il devient sa victime.

La nuit était sereine et les cieux étoilés
Pres d'un gouffre. Fernand, voit deux spectres voilés,
Deux bras tendus vers lui ; tout tombe dans l'abîme.

La Seyne, 10 Mars 1890. PASCAL.

LA FERME ÉPROUVÉE

Le sole l d ses feux ranimait la nature,
Avril tendait au loin son tapis de verdure,
Les verger , les bo quets naguere anguissants
Etalaient les trésors de leurs rameaux naissants.
La vie était aux champs : Ici dans la prairie
Les troupeaux folâtraient parmi l'herbe fleurie ;

Là, des bœufs attelés gravissaient le vallon
Et creusant à pas lents un pénible sillon,
Hâtaient du pampre vert la sève nourricière,
Tout était rajeuni par l'ardeur printanière.
L'espoir, cet avant-gout de biens et de bonheur,
Au laboureur actif prodiguait la vigueur
Et déjà du printemps les suaves prémices
Lui promettaient le prix de tous ses sacrifices.

Tout à coup sur les monts qui bordent le couchant
Paraissent les vapeurs d'un nuage naissant.
Il détache ses flancs de la crete argentee,
Il s'elève et s'étend sous la voûte azurée.
Déjà de l'horizon les points sont obscurcis,
D'un voile ténébreux les cieux sont epaissis ;
Le soleil disparaît sous le nuage sombre,
La plaine et les côteaux s'enveloppent dans l'ombre
Aux chansons du printemps, a l'espoir, au bonheur
Succedent, tout a coup, le calme et la frayeur.
Le laboureur, du ciel interroge l'augure ;
L'horizon lui répond par un lointain murmure.
Le pâtre vigilant rassemble son troupeau ;
Attentif, il s'apprête a gagner le hameau :
Il a vu dans les airs de sinistres présages.
Mais la foudre en grondant dechire les nuages,
Et les cieux assombris et les sommets voilés
Déversant leurs torrents dans les champs désolés
Jettent de toute part le deuil et la détresse

Dans les sentiers glissants, tout fuit et tout se presse,
Hommes, bétail, troupeaux par l'averse surpris
Haletants, essoufflés regagnent leur logis.

Helas ! c'est peu que l'onde ait envahi la plaine,
L'ouragan furieux sur elle se déchaîne.
Des globules glacés que presse l'aquilon
Fondent sur les vergers, dévastent le vallon.

Les rameaux sont frappés sur leur tige féconde
Et leurs débris épars flottent déjà sur l'onde ;
Le pampre chancelant est atteint dans sa fleur ;
Rien ne peut échapper au fleau destructeur.
Et ces bosquets fleuris et ces trésors suaves
Vont grossir du torrent les sinistres épaves.

Soudain la foudre éclate et des cieux embrasés
Roule, retombe et meurt sur les monts ébranlés.
L'aquilon dans les airs dissipe le nuage,
De ses sombres lambeaux le soleil se dégage
Et déjà, sur le seuil de l'humide séjour
Contemple avec horreur les désastres du jour.

Bientôt la nuit survient et son voile grisâtre
S'avance dans les cieux. Assis au coin de l'âtre
Le fermier en silence exhale ses douleurs :
Il a vu les côteaux se couronner de fleurs,
Le vallon reverdir Toute cette opulence
Enflait déjà son cœur de joie et d'espérance ;
Et maintenant hélas ! l'orage a tout détruit.
La misere au teint blême et la faim qui la suit
De leurs spectres hideux lui présentent l'image.
A ces sombres pensers il voile son visage.
Soudain, il se relève et de ses bras brunis,
Etreignant sur son sein ses enfants réunis :
« Bannissons de nos cœurs ces désordes coupables,
« Nos bras de tout travail sont-ils donc incapables »
Dit-il « et des demain reprenant les labeurs,
« Sachons par nos vertus réparer nos malheurs.
« Par nos efforts constants fléchissons la nature.
« Les petits des oiseaux manquent-ils de pâture ?
« La Providence est là livrons nous à ses soins
« Dieu saura nous pourvoir, il connaît nos besoins. »

J. FOXONET.

CHANSON PRINTANIÈRE

Les bois sont remplis de frissons
Et les sentiers pleins de murmures.
La joie égrene ses chansons,
Les bois sont remplis de frissons.
Ris, frais printemps dans les buissons !
Sources, perlez sous les ramures !
Les bois sont remplis de frissons
Et les sentiers pleins de murmures.

L'amour sonne dans tous les cœurs
Comme une fanfare attendrie.
Les regards sont clairs et moqueurs.
L'amour sonne dans tous les cœurs.
O les baisers doux et vainqueurs
Sur ta bouche rose, chérie !
L'amour sonne dans tous les cœurs
Comme une fanfare attendrie.

Aimons, aimons au temps joyeux :
L'amour est la fleur éphémère !
Le bonheur luit au fond des cieux :
Aimons, aimons au temps joyeux !
L'amour banni met dans les yeux,
Plus tard, une rosée amere !
Aimons, aimons au temps joyeux :
L'amour est la fleur éphémère !

J. Courdil.

LA TRISTESSE DE JEANNE

(au bord de l'océan)

Laissez passer la blonde enfant
Qui tranche comme un cerf-volant
L'air et l'espace avec mystere ;

C'est la sylphide du vallon,
La violette du gazon :
Que la brise lui soit légere !

Elle marche d'un pas léger
Sur la plage où vient voltiger
L'insecte amoureux de la vague ;
Soudain ! son front devient rêveur,
Dans un soupir s'ouvre son cœur
Et son esprit troublé divague.

Jeanne a laissé sur son chemin
Un ami qui lui tend la main
Et qu'elle revoit dans ses songes ;
Depuis ce jour, trois fois maudit,
Que de fois je vis son esprit
Déçu par ces trompeurs mensonges !

Douterait-on de son bonheur,
Près d'une mere et d'une sœur
D'une tendresse sans égale ?
C'est a qui l'entourera mieux
Cet ange descendu des cieux
Sous l'auréole virginale.

Elle est pourtant triste parfois
Car elle ne trouve que trois
En comptant quatre sur la plage :
Son père manque à son amour,
Elle le cherche nuit et jour
Et n'entrevoit que son image.

Mais c'est la loi du sentiment ;
Ne me demandez pas comment
Sur nous son empire s'exerce :
La nature en a le secret,
Le cœur humain seul le connaît
Et non point la raison perverse.

Courage ! enfant ; car dès ce soir
Le ciel te rendra tout espoir
Ton horizon sera moins sombre :
Déja le vent frais de la mer
Soufflant avec force dans l'air,
Chasse à l'instant sa dernière ombre ;

Songe que le cœur à treize ans
N'est qu'à l'aube de son printemps ;
Et, que le soleil qui t'éclaire
Des feux de ses premiers rayons
Retarde tes autres saisons !...
C'est ton espoir... et ma prière.

J. QUINCAMPOIX.

SUR LE LAC DE GENÈVE

O Léman ! qui pourrait te chanter sans trembler ?
Qui donc peut maintenant l'oser sans se troubler,
Lorsque l'aigle a daigné descendre de son aire
Et reposer sur toi sa vue ardente et fière.
Lorsque Victor-Hugo, sur un rythme vainqueur,
A fait parler sa lyre son langage enchanteur !
Quand Byron, le sublime, a dans ses chants de gloire,
Réveillé les echos, endormis sur tes bords,
Des hauts faits accomplis au prix de mille efforts,
Dont ta fierté célebre et garde la mémoire !
Qui donc ose parler, quand le chantre divin,
Des méditations, quand Lamartine enfin,
A permis que son luth, au gre de tes caprices,
Entraîné mollement et bercé sur tes flots,
Vint nous charmer encore en disant tes délices ?
Il faut me taire hélas ! Je cherche en vain les mots
Quand mon esprit surpris et craignant les redites,
Veut chanter dignement la beaute de tes sites.
Dans quelle grande image ou quel tableau charmant

'rouver pour te l'offrir un hommage plus grand ?
ıes maîtres ont tout dit et ta noble parure
ǃtale, dans l'écrın que la grande nature
ˌ façonné pour toi comme un présent des Dieux,
es perles sur tes bords et ses fleurons aux Cieux !
e me tais et pourtant, comme d'autres, j'admire
)ans l'azur de tes eaux ce géant qui se mire,
e reste confondu devant ta profondeur
)ù pourraient s'engloutir sa force et sa grandeur !
'uyons de ses glaciers la froide solitude,
e vois le Rhône enfin reposer dans ton sein
es flots impétueux. Puis sa fière attitude,
ˌprès cet abandon, se reveille soudain
ǃt redit comme nous en de nobles contrées,
ıes beautés qu'en tremblant, nous avons célébrées...

POUTIGNAC DEVILLARS.

BERCEUSE CORSE

Dors, ô ma fille chérie,
Clos tes grands yeux adores :
Déjà dans la bergerie
Tous les troupeaux sont rentrés ;
On n'entend plus dans la plaıne
La voix joyeuse du cor,
Dors, ô ma petite reine,
Maria, mon doux trésor.

L'astre au front d'argent qui brille
Au fond du bleu firmament
N'a pas ta beauté, ma fille,
N'a pas ton rayonnement ;
Le bon Dieu te fit plus belle
Que l'étoile aux rayons d'or,
Dors, ma blanche colombelle,
Maria, mon doux trésor.

Ni le beau lis que l'on vante,
Ni les roses du jardin
N'ont la fraîcheur eclatante
De mon petit chérubin ;
Ta chevelure est plus blonde
Que les blés de messidor,
Tes yeux sont plus purs que l'onde,
Maria, mon doux trésor.

Dors ; lorsque dans nos campagnes
Tu viendras, la joie au front,
Toutes les fleurs, tes compagnes,
Devant toi se courberont ;
Nos bandits toujours moroses
Qui bravent les coups du sort
Viendront baiser tes doigts roses,
Maria, mon doux trésor.

Le jour de ton mariage
Avec l'élu de ton cœur,
Les poètes du village
Célebreront ton bonheur ;
Nous aurons un ciel superbe
Et mille fleurs pour décor
Quand nous danserons sur l'herbe,
Maria, mon doux trésor.

Rêve aux bijoux, aux dentelles,
Rêve aux robes de satin,
Mon bel ange aux blanches ailes
Fais dodo jusqu'au matin.
Dors, que rien ne t'inquiete
Car ta mere veille encor
Au chevet de ta couchette,
Maria, mon doux trésor.

J.-A. Giustiniani.

LE PRINTEMPS

Sitôt que le printemps a jeté sur la terre
Son manteau parsemé de verdure et de fleurs,
Sitôt que le zéphyr de son aile légere
Est venu de l'aurore essuyer tous les pleurs,
On entend dans les bois bourdonner les abeilles,
On entend les oiscaux redire leurs chansons
A cet aspect nouveau la nature s'éveille
Et tout prépare alors de riantes moissons.
On voit dans les buissons le nid de la fauvette ;
Le berger, sur les monts, veille sur son troupeau ;
Et les gais amoureux, au son de la musette,
Dansent joyeusement à l'ombre de l'ormeau.
On aime à respirer la brise parfumée
Que, sur son aile d'or, porte le doux printemps.
Ah ! que l'on est heureux dans la verte feuillée
En contemplant l'amour qui se fait dans les champs !
L'hirondelle revient de son lointain voyage,
Elle vient s'abriter sous nos humbles créneaux ;
Et le chantre des bois nous dit dans le bocage
Ses chants harmonieux redits par les échos.
Ah ! que l'homme est petit devant ce grand mystère !
Qu'il est pauvre d'amour et d'esprit et de cœur !
Il ne lui reste plus qu'a bénir sur la terre
Le Roi de l'univers, le divin Créateur.

M. Rigal.

LA ROSE ET LA FOUGÈRE

L'orgueil est un défaut chez nous acclimaté,
Petit ou grand qui n'a pas sa fierté.
La Rose s'écriait au milieu du parterre :
« Ne suis-je pas reine des fleurs ?
« Oh ! regardez mes suaves couleurs,

« A vous toutes on me préfere. »
A quelques pas de là l'humble et verte Fougere
L'entendit · — O ma sœur que suis-je près de toi ? ..
« N'as-tu pas pour séduire
Ton eclat, ta fraîcheur, ton parfum qu'on respire ?
Je n'ai rien de tout cela, moi,
Que mon feuillage vert .. mais à peine es-tu née
Resplendissante fleur, que te voilà fanée.
A ta frêle beauté,
A ta vie éphémère,
Moi, vois-tu, je prefère
Mes bois et mon obscurite. »

(*Juillet 1885*) GEORGES BERTRAND.

NUIT D'ÉTE

Sur les bois echauffés tombe le crepuscule ;
Gigantesques bouquets, dans la naissante nuit,
Les chênes caressés par la brise qui fuit,
Frissonnent mollement, d'un frisson qui module
Des murmures confus, harmonieux et doux :
Ces étranges accords de notes inconnues
Comme l'écho mourant d'un concert dans les nues
Viennent frôler le cœur de leur leger remous.
Déjà, de l'Occident, une blonde planète
Coule sous la feuillee un regard argente ;
L'œil fixe quelque temps sur sa blanche clarté
Croit voir des traits pâlis, un visage d'ascete.
Bientôt, de çà, de là, dans le noir firmament,
Au nord, au sud, partout scintillent les etoiles,
Chastes beautés au ciel laissant tomber leurs voiles ;
La nébuleuse enfin et son fourmillement
Blanchit d'un flot lacté la céleste féerie.
Ce ciel que nous voyons, n'est-il pas un rempart
De granit ou d'airain fermant de toute part

Aux sujets de la Mort la cité de la vie ?
Et ne seraient-ils pas, ces astres radieux,
D'imperceptibles trous, d'atomiques crateres
Ne versant à notre œil qu'une ombre des lumières
Qui rayonnant de Dieu remplissent les vrais cieux ?
Soudain une lueur rougit la voûte noire
Tandis que l'ombre encor flotte au sein des taillis,
Puis un orbe sanglant émerge du fouillis :
La lune monte au ciel, le ciel est dans sa gloire.
Un chant jaillit vibrant d'un chêne colossal
Comme pour saluer les sphères éternelles,
C'est lui, le rossignol, poète ayant des ailes,
Troubadour de la nuit à la voix de cristal.
La lune est au zénith ; les arbres a leur faîte
Se fondent dans un flot de mouvantes vapeurs ;
Dans l'envahissement de ces molles blanchours
Comme un rêve envolé s'évanouit la fête.

ALBERT ADAM.

PAUVRE ENFANT

Pourquoi ne luis-tu pas beau ciel d'or de mon rêve ?

A la fenêtre un rose enfant
Penche au dehors sa fraîche joue,
Et le soleil de mai se joue
Dans les boucles de son front blanc.

Entre ses doigts mignons, il serre
Comme un objet bien précieux
Et d'un grand geste, vers les cieux
Il jette une plume légère.

Dans l'air immobile un instant,
Comme par un fil suspendue,

Elle s'abaisse vers la rue
En bas, dans l'ombre serpentant

Mais bientôt une faible brise
De son haleine, loin du sol,
La soulève et guide son vol
Au dessus de la maison grise.

Droit aux étoiles désormais,
Elle va comme une priere,
Puis disparaît dans la lumiere
Des grands espaces enflammés.

Sur ces mers que le soleil dore
Elle vogue depuis longtemps
Et de ses regards persistants
Le chérubin la suit encore.

Et l'homme, vain de sa raison,
S'écrie : un rien charme l'enfance,
Un insecte, un rayon qui danse
Une plume vers l'horizon !

Il ne voit pas cet homme sage
Au fond de ton âme d'enfant
N'est-ce pas, lorsqu'il va disant
Ce sont la plaisirs de cet âge ?

A tes yeux c'est la liberté
Que tu rends à la prisonnière,
Elle sera ta messagère
Dans les champs de l'immensite...

Frêle oiseau, de tes jeunes ailes
Tu voudrais bien prendre l'essor,
T'enlever dans l'azur et l'or
Au sein des plaines eternelles !

Mais ne pouvant fuir le tombeau
Tu charges de ton grand voyage

Vers ces régions du mirage
La plume d'un petit oiseau.

Tu l'accompagnes dans l'espace,
Près d'elle tu fuis la cité
Où jamais ne sourit l'été...
Et déjà la terre s'efface,

Et déjà ton vol t'a conduit,
Doux comme une douce caresse,
Au sein d'une île enchanteresse
Où tout te charme et te séduit ;

Partout en ses riants bocages
Les plus grands arbres sont fleuris,
Sur ces délicieux abris
Le printemps règne sans nuages ;

Tu respires un air plus pur,
Tu t'enivres aux doux ramages
D'oiseaux dont les brillants plumages
Sont faits d'émeraude et d'azur ;

Sur la mousse de cette roche,
Vois, ho ! le beau papillon bleu,
Bleu, son corps, son aile de feu,
Il ne fuit pas à ton approche.

Voltigeant du fruit à la fleur
Tu suis l'aérienne voie
Quand soudain de longs cris de joie. .
Ho ! quel est ce nouveau bonheur ?

Des chérubins aux blanches ailes
Viennent du fond de ces beaux lieux,
Ils te font place au milieu d'eux...
Les chérubins aux blanches ailes...

Eh quoi ! du bout de tes longs cils
Comme des perles scintillantes

Vont tomber deux larmes brûlantes!
Pourquoi tes yeux se mouillent-ils ?

Pauvre enfant! près de la fenêtre
Tu te réveilles brusquement,
Et ce beau rêve d'un moment,
Tu le sens, ne pourra pas être.

Pauvre enfant! plus tard ces beaux yeux
Ne verront plus telles merveilles,
Ils n'auront plus larmes pareilles
Mais en seras-tu plus heureux ?

ALBERT ADAM.

AUTOUR DE LATRE

A M. A. L.

Autour de lâtre,
Pres dun grand feu, nargant liver
On rit, ou babille, on folâtre,
On chante... cest presque un concert
Autour de lâtre.

Autour de lâtre
Se réunissent les amis.
Afin de chaudement combatre
Le spléen et les nombreus soucis,
Autour de lâtre.

Autour de lâtre,
La jeunèse et les grands parens
Se groupent ainsi quau théâtre :
Ils sont heureus come au printemps,
Autour de latre,

Autour de l'àtre
La jeune fille aux blonds chèveus,
Quon aime, admire, idolàtre,
Chante quelques couplets joyeus.
Autour de làtre.

Aupres de làtre,
Aujourd'hui je suis seul rêveur,
Contemplant la flame roujâtre
Qui m'inspire, pauvre rimeur.
Auprès de làtre.

Auprès de làtre,
Cest pour vous que jécris ces vers,
Et que ma muze aime à sebatre...
Ah ! pardonès lui ce travers.
Auprès de làtre.

Casimir Blondeau.

LOIN DE LATRE

A V. B.

Bien loin de làtre,
Quand zéfir chasera liver,
Nous irons sous le bois verdàtre,
Des oizaus ouir le concert,
Bien loin de làtre

Bien loin de làtre,
Avec entrain nous chaserons
Le lièvre qui pase, folatre
Et se blotit sous les buisons
Bien loin de làtre.

Bien loin de làtre
Nous irons admirer les fleurs
Que la jeunèse aime, idolàtre
Et qui charment tous les rèveurs
Bien loin de làtre.

Bien loin de làtre,
Un groupe de joyeus garsons
Dans la valee ira sebatre
Et faire entendre ses chansons
Bien loin de làtre

Bien loin de làtre.
Le vigneron, le laboureur,
Le jardinier, le pauvre patre,
Soleil, béniront ta splandeur,
Bien loin de làtre.

CASIMIR BLONDEAU.

A BRAS RACCOURCIS

— « Mon époux très cruel abuse de sa force
— « Il me frappe, et mon cœur ne peut-être indécis
— « Donc, Monsieur l'avocat, il me faut le divorce ! »

— « Il faudrait relater des faits assez précis.
« Votre époux est manchot et l'affaire se corse...
« Comment vous battait-il ?
« Dam ! à bras raccourcis !

(*Février 1887*) EVARISTE CARRANCE.

TOAST

A un Avocat.

Quand il s'adresse à tous, un toast est difficile ;
Un vrai toast contenant l'éloge de chacun ;

Sa science, son talent, sa parole facile...
Moi, pour simplifier, je n'en veux viser qu'un !
Après, vous me direz si j'aurais dû me taire.

. . . .

De ce nectar exquis laissez-moi boire un trait...

. . . .

J'ai pour dessein ici de faire le portrait
De l'avocat célibataire

Vous le reconnaissez quand, dans sa plaidoirie,
Il conclut pour la femme, en séparation ;
Il a toujours un mot tout prêt pour que l'on rie
Du mari.. malheureux ; C'est sa tentation !
L'homme naïf, pour lui, c'est un retardataire ;
Chaque coup de canif est un crime odieux !
La cliente est toujours un ange radieux
Pour l'avocat célibataire.

On le retrouve encor bien mieux lorsqu'il rumine
Quelques procès gaulois, quelque fait épineux
Quand pour le bien comprendre, il faut que l'on devine
Sous sa phrase correcte, un sens... vertigineux.
Ce n'est pas lui vraiment qui reste terre à terre !
Il excelle à tourner un cas embarrassant :
Aussi le vrai terrain, c'est le terrain glissant
Pour l'avocat célibataire.

En tous lieux, il est roi ! S'il s'avance à la barre,
Le Président lui jette un coup d'œil bienveillant ;
Car tout bon Président cache sous la simarre
Un cœur de père... et dame ! on peut, en sommeillant,
Songer à l'avenir...
J'ai peint un caractère :
Peut-être, parmi nous, n'a-t-il pas existé ;
Mais, c'est égal, Messieurs ! buvons à la santé
De l'avocat célibataire !

(*Nord*) THOMAS DEMAN, *avocat.*

LE RELÈVEMENT DE LA FRANCE

I

Quand l'Empire amolli du succes politique
Sombra, pour nous laisser la noble France etique,
Apauvrie, épuisée, ou ralant sous le fer
D'un esprit tortueux enfante par l'enfer

La ruine venait de notre inconséquence,
Du combat inegal que dût subir la France.
Qui manquait d'armement et surtout de soldats,
Envoyes mal chausses, mal vêtus aux combats.

Mais le relevement succede à la ruine.
La France, tient son rang dans la race latine.
Son armement est fort comme une vieille tour
Chacun des ennemis, le respecte a son tour !

Si des états jaloux, se sont ligués contre elle,
C'est qu'elle a dans ses flancs la bravoure eternelle.
C'est un pays forme d'un peuple de héros,
Et malheur à celui qui verra ses drapeaux.

Ils ont vaincu le Nord et les peuples Numides,
Et l'Europe a tremblé, comme les pyramides.
Mais son peuple amoureux surtout de liberté,
Estime ses voisins par sa fraternité.

Traitant un peuple ami, comme un peuple de freres,
Son amour se répand au-delà des frontières,
Il voudrait qu'on traitât pour assurer la paix ;
C'est le plus noble vœu du brave cœur français

Chaque peuple le sait, et surtout l'industrie.
L'étranger dans Paris, le prouve à la patrie !
Par tous ces visiteurs, de tant de nations,
Et par tous les objets des exhibitions.

Contre l'état jaloux, l'individu proteste.
Le nombre d'exposants à tous regards l'atteste.
Et le relèvement qui cause notre orgueil,
Se mesure à l'attrait qui se joint à l'accueil.

Paris a prodigué tant de magnificences,
Tant par ses monuments, qu'en ses réjouissances,
Que les rêves dorés par les illusions,
Sont dépassés beaucoup par les attractions.

II

Quand le Trocadero de circulaire forme,
Etait nouveau pour nous. Ouelle distance énorme !
Nous n'avions pas alors la gigantesque tour
Que tout le monde entier voudra voir à son tour.

Ni ce comble hardi, du palais des machines,
Qui surpasse tout l'art des grands travaux d'usines :
Cent quinze mètres là, d'un seul jet, sans support.
Sans colonnes d'appui, mais tout seul assez fort !

Ni ce dôme central, chef-d'œuvre d'élégance,
Oú se prodigue l'art avec magnificence.
Les tableaux decorant cé sujet gracieux,
Font penser aux sujets les plus harmonieux.

Quand par un soir d'été, l'on a vu, le dimanche,
Ces monuments qui sont des fontaines d'eau blanche,
Sous les rayons ardents de l'électricité,
Changer du rouge au vert. On plaint la cécite.

Et quand l'embrasement, comme un feu d'artifice,
S'empare de la tour, colorant l'édifice,
Que de reflets pourprés la grande œuvre d'Eiffel,
Présente à tous regards le plus frappant appel.

On admire, étonné cet immense incendie.
Et ces festons de feu, dont la tour resplendie.
On est électrisé par l'ensemble des feux,
Et l'on est ébloui par l'effet de leurs jeux.

Jamais aucun pays, aucune Babylone,
N'a fait un tet emploi du feu qui passionne,
En frappant les regards de ses admirateurs,
Dont l'éblouissement acclame les auteurs.

Tu n'es plus ce pays, écrasé par la guerre,
France ! Tu fais pâlir les princes de la terre !
O France ! O mon pays, j'admire ton succes !
J'admire ta grandeur, comme aussi ton progrès !

Ch. Fouquet.

LES VEILLÉES VILLAGEOISES

Lorsque la neige tombe et que le ciel est noir,
Heureux les villageois, en famille, le soir,
Viennent tous se presser sous l'humble cheminée,
Au feu réparateur du froid de la journée.
Doux et majestueux, promenant ses regards,
Le chef, objet des soins et de tous les égards,
Donne avec un sourire, en commençant lui-même,
Le signal attendu comme un bonheur suprême :
Les contes, les rebus ; dans un élan sans frein,
Les rustiques chansons au fantasque refrain.
Innocence et vertu, de l'enfant qui folâtre
En cuisant ses marrons sous les ardeurs de l'âtre,
Jusqu'à l'octogénaire au regard indecis,
Dans son coin préféré paisiblement assis.
Que de paix, que d'amour sous ce vieux toit de chaume
Où la franche gaîté se répand comme un baume
A l'enivrant parfum. Que de felicité
Empreinte de grandeur et de simplicité.

Ainsi passe l'hiver, et la saison nouvelle,
Le radieux printemps, un beau jour renouvelle
Cette gaîté suave, et tout change au hameau
L'on quitte le foyer pour l'ombre d'un ormeau,
Et puis le lendemain, au lever de l'aurore,
A l'heure où la rosée en parfums s'évapore,
A l'heure où les oiseaux, par de joyeux concerts,
Adressent leur prière au Roi de l'Univers,
Chacun sent la fatigue à jamais disparue,
Et bien dispos, reprend la bêche et la charrue.

MASSÉ.

L'ANGELUS

(de Millet)

Ici point d'équivoque : en ce tableau nature
Le but est réussi, l'effet non recherché ;
Sans se préoccuper des tons de la peinture,
On admire en silence, et l'on se sent touché !

Le respect ingénu, la dévote posture,
Ce front de plébéien vers la terre penché
Révèle à tous les yeux, chez l'humble créature,
Un sentiment de foi non encore entaché !

L'immensité du champ, le paysage agreste
Et le clocher lointain du village modeste
Impriment à l'ensemble un air majestueux...

Mais on perçoit surtout, dans cette œuvre du Maître,
En dehors du talent qu'on ne peut méconnaître,
L'essor incontesté d'un esprit vertueux !...

A. BAZELAIRE.

A LA POÉSIE

Vierge à qui je dois dire un éternel adieu,
Vierge dont la beauté fait tressaillir la terre
Et dans un saint transport l'élève jusqu'à Dieu,
Je voudrais te chanter quand ma voix va se taire.

Ah! si tu m'apparais, solennelle, au milieu
Des grands bois et des monts, radieuse chimère,
Si je puis voir encor ton sourire en tout lieu
Et si je te dois plus qu'un bonheur éphémère,

Combien mes vers, mes vers pâles, sont impuissants
A rendre ma pensée et tout ce que je sens
Dans mon cœur consumé d'une secrète flamme !

Poete pour sentir, mais non pour exprimer
Le Beau, cette *Splendeur du Vrai*, qui ravit l'âme,
Je t'aime, ô Poésie,... et ne sais que t'aimer.

EMILE VIALLET.

A LA FRANCE

Je t'aime, ma patrie ô ma divine France !
J'aime ton sol béni, ton radieux soleil,
Le chant de tes oiseaux gazouillant l'espérance.
Par des refrains joyeux qui charment mon réveil.

J'aime l'ombre des bois, le parfum des prairies ;
Le ruisseau qui serpente, et la fleur du matin.
J'aime l'air attiedi, les douces rêveries,
De tout cela je fais un mystique festin.

Si j'étais loin de toi, ma France bien aimée,
Le soleil serait noir, le printemps odieux,

N'aimant plus ni les fleurs, ni la brise embaumée,
Je n'aurais qu'un désir m'envoler vers les cieux.

Ne me bannis jamais, en France je veux vivre !
Car je veux te chanter, redire tes amours !
Les gloires d'autrefois, dont le récit m'enivre
J'aime le souvenir de nos belles humours....

Que de nobles enfants, pleins d'un viril courage
Ont versé sans regret leur sang si généreux
Ces martyrs ont cru voir, dans un lointain mirage
La France gémissant sur leur sort rigoureux !

Je ne puis te donner ni mon sang, ni ma vie ;
Mais après l'Eternel je veux te révérer
Espérant un triomphe où l'avenir convie
Et de ce rêve d'or, ardemment m'inspirer !

O France, je voudrais que toutes les mémoires,
Gardent le souvenir, avec un soin pieux
Afin que d'âge en âge on célebre les gloires
Qui nous ont fait nommer peuple victorieux.

Je t'aime ma patrie, ô ma divine France !
J'aime ton sol béni, ton radieux soleil ;
Le chant de tes oiseaux gazouillant l'espérance !
Par des refrains joyeux qui charment mon réveil.

Mme H. LACOSTE.

L'AUTOMNE

SONNET

Les rayons du soleil commencent à pâlir ;
La brume est dans les cieux, dans les cœurs la tristesse,

Les belles fleurs d'été vont bientôt se fletrir
Dans les bois, plus de chants, plus d'amour, plus d'ivresse

Les échos sont déserts, tout va bientôt finir,
L'oiseau quitte son nid témoin de sa tendresse
Emportant bien au loin l'espoir de revenir,
Quand du printemps prochain renaîtra la jeunesse.

De ces monts escarpés prevoyant les frimas
Les troupeaux en bèlant descendent pas à pas,
Et du feuillage epais que l'aquilon moissonne,

La feuille se détache et va bientôt mourir,
Ainsi que de nos cœurs au retour de l'automne,
S'envole le bonheur, la joie et le plaisir

(*Mai 1890*) J. Moulinet.

BLUETTE !

Aimer ! n'est-ce pas tout ;
Pour aller jusqu'au bout
De la vie ;
Je vois ma part des cieux
Pour moi, dans les beaux yeux
De ma mie !

Tendres aveux trop courts !
Des doux soupirs . toujours !...
La folie
Plait seule à mes vingt ans !
O ! les fleurs du printemps
De ma mie !

Tant parle en ses attraits !
La grâce de ses traits
Infinie ;

Qu'il rend heureux vraiment,
Le sourire charmant
De ma mie !

Je n'ai, des vains joyaux
Et des hochets royaux
Nulle envie ;
Tout ça, pour le lacet
Qui retient le corset
De ma mie !

Rêve ! parfums des bois !
Que j'aime de sa voix
L'harmonie ;
D'or, on peut me léser ;
Rien ne vaut un baiser
De ma mie !

Légers, éoliens
Me semblent mes liens ;
La jolie
Est un vrai trouble cœurs ;
O ! les charmes vainqueurs
De ma mie !

FERDINAND CHIMÈNES.

TRADUCTION

ou Métaphrase en vers français d'une épître du poète latin Spurinna à son ami Martius.

SES ADIEUX AUX HONNEURS ET A L'AMBITION

Garde-toi, Martius, de trop louer mes yeux !
J'imite ici Socrate en cherchant la sagesse,

Ce n'est qu'un fruit tardif qu'enfante ma vieillesse...
Un sage tout chenu ! Qu'est-ce donc à vos yeux
Vous favoris des Grands ? Vous méprisez tout homme
En qui l'âge, éteignant la douce activité,
Qui fait, pour tout emploi de sa caducité,
Recherche sensément — (sevré d'honneurs en somme)
Cet art d'être à soi-même et de vivre en repos...
Bien incapable alors de servir sa patrie,
Il livre ses vieux jours à la philosophie,
Tout consumé qu'il est de pénibles travaux...
L'ambition vous trompe avec tout son mirage !
Moi, j'ai vaincu la mer et son flot agité
Tout le reste a péri ; seule ma fermete
Accourt, quoique un peu tard, triompher de l'orage. .
Puis-je esperer, d'ailleurs, à mes sept fois dix ans
Rendre sensible encor mon insensible oreille
Aux accords de la lyre, a ce luth qui m'éveille
Et donner à ma voix le ton et les accents ?

. . . .

Quiconque touche enfin à la décrépitude
Est assez conséquent, lorsque sage en ses vœux,
Il sait faire plier tous ses goûts vaniteux
Pour être tout entier au silence, à l'etude...

. . . .

Ce sont mes blancs cheveux plutôt que le talent
Qui, m'entraînant sans doute a cette erreur secrète,
A ce désir du cœur de devenir poete,
Sans m'en apercevoir m'égarent un moment.

(*Mai 1890*) O POTUT.

A LA MER

« O ! mer, terrible mer, quel homme à ton aspect
« Ne se sent pas saisi de crainte et de respect ?

(DELILLE.)

Je te contemple, ô mer ! dans ta vague stridente,
Echo de la souffrance en nos plus tristes jours :
Ton flot qui se retire et reparaît toujours,
C'est du monde à jamais l'image saisissante.

C'est le répit trop court au milieu des orages,
C'est le rayon qui perce à travers un ciel noir
Quand l'homme s'abandonne au sombre désespoir
Et voit son horizon se couvrir de nuages

Et pourtant tout est beau, tout, même la tempête
Qui sillonne, la nuit, ton terrible élément ;
Même ce flot qui jette un long gémissement
Et l'éclair fugitif qui dans l'onde reflète ;

Et l'oiseau de la mer vivant sur le rivage
Et la barque qui flotte en s'éloignant du port,
Et l'imprudent marin qui va braver la mort
Et jusqu'au grain de sable apporte sur la plage;

Et de l'homme étonné le soupir triste et vague,
Et l'âme qui médite en accourant vers Dieu,
Tandis que nous cherchons, passagers en ce lieu,
Une tente, un abri qu'emportera la vague.

Ainsi, tout est mystère au sein de la nature :
Insoluble problème... insondable décret
Qui, pour l'humanité reste un profond secret
Que Dieu laisse ignorer à toute creature.

Prodige dans le ciel ! Prodige sur la terre !
Prodige ! cette mer et l'écume des flots !
Prodige ! ce bruit sourd formé de longs sanglots
Invitant vers le soir notre âme à la priere !

Homme, incline ton front sous l'éternel prodige :
Proclame de ton Dieu l'auguste Majesté
Qui commande, d'un signe, à cette immensité
Et qui gouverne tout par son divin prestige.

Honneur à toi ! louange et gloire ! ô Providence !
Qui, veillant au chevet de l'enfant endormi,
Proteges a la fois et l'homme et la fourmi,
Et l'insecte joyeux qui dans l'air se balance !

Seigneur ! dans ta bonte, que de fois à la terre
Tu daignas pardonner ses outrages sanglants !
Que de fois ton amour a vaincu ta colere
Devant nos crimes menaçants !

Ton cœur a l'homme ingrat daigne s'ouvrir sans cesse :
C'est le brasier divin du plus suave amour,
Et nous n'avons, grand Dieu ! que des chants d'allegresse
A te consacrer en retour

Ah ! par pitie toujours, quand ta foudre menace ;
Que ton peuple pervers foule a ses pieds ta loi,
Avant de promener ton courroux dans l'espace,
Pardonne-lui ! .. Pardonne-moi !...

J. QUINCAMPOIX.

HYMNE AU PRINTEMPS

A l'âpre souffle des autans
Tu succedes, joyeux printemps,
Porté sur ta brise embaumee ;
Et ton haleine parfumee,
Enivrante, vient caresser
Et rechauffer de ton baiser
Plein de promesses, la nature !
Sur la terre et jusques aux cieux

Tout est calme et silencieux ;
Puis s'élève un léger murmure,
Comme si de secretes voix,
Hôtes mystérieux des bois,
Nous disaient : « Apres la souffrance,
« Nous vous apportons l'espérance ! »
Tout-à-coup un bruit éclatant,
Qu'on prendrait pour un cri d'alarme,
Nous frappe et devient un doux chant
Qui nous étonne et qui nous charme :
Oui c'est toi, divin rossignol,
Qui fais entendre ton ramage ;
Ah ! ne va pas prendre ton vol !
A ta grande voix le bocage
Répond et voici la chanson
De la fauvette et du pinson.
Mille voix se sont eveillées,
Mille bruits discrets et charmants
Sortent des bois et des feuillées
Et rendent hommage a tes chants
Dans une imposante harmonie,
Au ciel la terre s'est unie ;
Pour adresser au createur
L'hymne éternel, l'hymne enchanteur.
Qui celebre l'heure attendue
De ton retour, printemps aimé ;
Et pour fêter ta bienvenue,
Tout ici-bas s'est ranime
Permets qu'à ces chants d'allégresse,
Je joigne ma voix et t'adresse
Mes vœux de joie et de bonheur
Pour ceux que je porte en mon cœur.
Un jour, s'il sont heureux sur terre,
Je pourrai dormir et me taire...

(*Nord*) POUTIGNAC-DEVILLARS

LA SOIRÉE DANS L'ATRE

Au retour du pâtre,
Le petit grillon,
Réchauffe, dans l'âtre,
Son pied cendrillon.

Au joyeux foyer de la ferme
Quand l'automne offre un vin nouveau,
Quand le jour arrive a son terme,
L'ivresse atteint chaque cerveau ,
Il fait froid, mais un grand feu brille !
Dont l'eclat vaut l'attrait des fleurs,
Car cette flamme qui pétille
Fait briller toutes les couleurs.

Des amours, c'est la grande fête !
Lise rêve au petit sergent,
Mais Joseph, la trouvant parfaite,
Veut l'épouser à la Saint-Jean ;
Cupidon, doublement perfide,
Guette, Lise dans un coin noir ;
Plus légere qu'une sylphide
Elle folâtre sans le voir.

Les vieillards, dans cette allégresse
Trouvent le plus doux souvenir,
Les baisers dûs à la tendresse,
Les mots doux les font rajeunir,
C'est un baume pour leur souffrance,
Ils sont fiers d'être remplacés !
Ils ont des soldats pour la France !
Du feu pour leurs membres glacés.

La légende, dans la campagne,
Au grillon fait un grand honneur,
Des joyeux bruits qu'il accompagne
C'est le petit porte-bonheur,

En secret, madame fortune
Vient dicter ses plus doux accents,
Et jamais son cri n'importune
Les amours, les jeux innocents.

Au retour du pâtre,
Le petit grillon
Devient roi dans l'âtre !
Un roi cendrillon.

(*Lyon*) DÉSIRÉ PIHUIT

CHARADE

Mon premier donne au pain la dernière façon ;
Mon second contribue à noter la musique ;
Mon tout, petit insecte, a travailler s'applique,
Montrant aux paresseux sa touchante leçon.

ALPHONSE RIOLS.

DIVERTISSEMENT

— Sais-tu, Lambert, quels sont les hommes
Tout opposés dans leurs travaux ?
— Ce sont, je crois, les astronomes
Avec les faiseurs de caveaux.
— Et la raison, confrère ?
— Les uns fouillent les Cieux
Et les autres la Terre
N'est-ce pas ça ? mon vieux !

ALPHONSE RIOLS

L'AMOUR PRIME LA GLOIRE

Après de longs combats un brave dit à l'autre :
— Existe-t-il un vœu qui puisse être le nôtre ?

— Certes ! la guerre encore et la gloire toujours.
Ça ? Non ! — Et quoi ? La paix ! et revoir nos amours !

ALPHONSE RIOLS.

UNE RÉPLIQUE

Trois ou quatre curés, en attendant le train,
Un jour causaient entre eux de ces divins mystères
Que ne peut dévoiler le pauvre genre humain ;
Lorsqu'un individu, je crois homme d'affaires,
Intervint et leur dit — En aurez vous assez
De vos raisonnements ? Prouverez-vous jamais,
Sauf à vos pénitents tous des bêtes de somme,
Que la Vierge eût un fils sans le contact d'un homme ?
J'en étais indigné. Quand ce malin quidam
Fut ainsi relevé par l'abbé de Weiroge
— Monsieur, comme autrefois l'âne de Balaam,
S'empresse de parler avant qu'on l'interroge.

ALPHONSE RIOLS.

UN LÉZARD RECONNAISSANT

A mon cher petit-fils Charles Rossignol

Me délassant, un jour, d'une longue fatigue,
J'étais presque endormi, quand un léger pam . pam.
Se fait à mon oreille, et sur l'heure m'intrigue.
Je me lève. Et je vois une belette, ô dam,
Qui tenant à sa gueule un lézard par le rable
Le bat, le bat encor contre le sol durci,
Pour le tuer sans doute et sucer sans sursis
Son sang tout chaud : boisson qu'on lui sait agréable.
Maudissant le féroce et plaignant le lézard,
J'empoigne un lourd bâton que me sert le hasard

Et, visant d'un œil sûr cette bête cruelle,
D'un seul coup de gourdin je lui sors la cervelle.
A peine délivré, sans me payer des yeux,
L'animal éperdu déguerpit de ces lieux.
Ce qui suit cependant, prouve assez que la bête
A chez elle du bon et du sens dans la tête :
Plus tard, au même endroit, un sommeil très profond
Pesait sur ma paupière, alors qu'un gros serpent
Tout pres de là rampait et en large et en long.
Il me semblait songer. quelque chose pourtant
Me frappait à la joue.. Oh ! ce n'est point un rêve !
Mon lezard fuit. Soudain, le reptile hideux
Se plie, se replie, et sur moi fond sans trêve
Il siffle, il raye, il bave, et rouges sont ses yeux.
Son venin est tout prêt ! Mais, quand il croit me mordre,
Sous mes coups redoublés il n'a plus qu'a se tordre.

. . . .

Si tu fais quelque bien ne le crois point perdu,
Tôt ou tard, tu le vois, il te sera rendu.

Alphonse Riols

AU CHEF DE L'ÉTAT

C itoyen le plus cher a notre republique,
A u maintien de ses jours consacre tes labeurs !
R êve l'abnégation de ce romain antique
N e vivant que pour elle et fuyant ses faveurs !
O , rejeton d'un brave et d'illustre mémoire !
T el que lui suit toujours le chemin de la gloire !

S urpasse au moins Grévy ! Par la chambre acclamé
A t'asseoir à sa place et, par la France, aimé,
D onne à tous ses enfants les doux soins d'une mere !
I vre d'un saint amour, sois pour eux un bon père !

Alphonse Riols

CHANT NATIONAL

Salut ! Salut ! Salut ! au drapeau de la France,
Aux braves défenseurs de notre liberté,
A tous les conquerants, à l'immortalite,
Voila notre espérance.

Aux grands libérateurs, honorant notre histoire
Sous le même drapeau, méritant les lauriers,
A l'honneur immortel des braves grenadiers,
Courants a la victoire.

Dedans le panthéon, source de lumiere,
Vois-la le feu sacré, l'existence infinie,
Sur ce tabernacle, au sein de la patrie,
Salut, la France entiere !

Un si beau souvenir, orne la mémoire,
La voix de la patrie, couronne ce zèle,
Exprimant son amour, a ta race fidèle,
Au temple de la gloire.

Et plein d'ardeur chante ! l'amour et l'espérance
Qui poussent vers le ciel, d'adorables accents,
Epuise ces delices, aux sons des instruments.
Au drapeau de la France.

L'honneur de la nation, cette emblême chéri,
Flotte sur l'edifice, de la divinité,
Astre immortel, de notre patrie !
Au temple de la liberté.

(*Somme*) LEBAS-NEVEU

UN SOIR D'ÉTÉ

Vaporeuse saison de fleurs et de sourires,
Que de fois ont vibre les cordes de nos lyres
Pour chanter en Cérès et ses blondes moissons,

L'odorant églantier dans les sombres buissons.

L'été, c'est le soleil, le plaisir, la gaîté,
Le cœur a plus d'amour, l'âme plus de beauté.
Des rayons d'espérance encadrent notre vie,
Pur reflet d'une douce et suave harmonie !

Le zéphir embaumé succède à la tempête ;
Les fleurs et les oiseaux prennent un air de fête
Au lys candide et pur l'abeille fait le cour,
Butine sa corolle et lui parle d'amour.

Ivres de ces parfums qu'exhale la nature
Et bercés par la voix du ruisseau qui murmure,
Les amoureux, le soir, sur le tendre gazon,
Vont, la main dans la main, admirant l'horizon.

Dans la plaine dorée et sous le ciel d'azur
Le pauvre laboureur rentre au foyer obscur.
Alors le jour s'éteint dans le calme champêtre
Et la brise des nuits monte vers le Grand Maître.

(*Lille*) ALBERT VERMERSCH.

QUATRAIN SUR LA TOUR EIFFEL

Monstre de fer j'admire ton audace ;
Te voilà donc le roi des monuments,
Le monde entier en regardant ta face
Est stupéfait car tu braves les vents.

(*Lille*) ALBERT VERMERSCH.

MES SOUVENIRS

Venez doux souvenirs, beaux papillons dorés,
Vrais trésors que Dieu donne aux plus désespérés ;

Voltigez devant moi : plus de sombre rivage,
Où l'oubli règne en maître et fait tant de ravage.
Comme un phare brillant dans la nuit du passé,
Vision dont le cœur n'est jamais trop lasse,
Je la revois, ma mere, et mon âme asservie
Remonte avec bonheur le fleuve de la vie
Mere, de tes vertus les bienfaisants rayons
Raniment mon ardeur, guident mes actions ;
Avant que de tes jours Dieu n'eût tranche la trame
L'existence a mes yeux n'etait pas ce long drame
Dans lequel la moitie de ces pauvres humains,
Tend a l'autre moitie de suppliantes mains !
Toujours dans tes conseils je trouvais mon egide.
Avec eux j'affrontais cette arêne perfide
Ou l'homme cherche en vain le véritable ami,
Car l'homme, trop souvent, de l'homme est l'ennemi
La vie pour nous tous sans les yeux d'une mere,
Est souvent périlleuse, est toujours tres amere :
Tous pauvres ou riches, c'est notre talisman,
Qui dirait sans respect, ce mot chéri maman !
C'est à vous maintenant, oiseaux bleus de la vie,
A ce tournoi charmant, venez, je vous convie .
Venez donc jeune fille au front si radieux,
Ornez de fleurs des champs vos beaux cheveux soyeux :
Que votre pied mignon sous la verte ramée,
Glisse amoureusement sur cette herbe embaumee :
Les danses d'autrefois sur un epais gazon,
De notre jeune cœur grandissait l'horizon.
Nous les quittions ces bois aux plantes odorantes,
Sous le charme enchanteur d'idees enivrantes ·
La preférée au bras nous partions en chantant
L'air le plus a la mode et le plus entraînant ;
Nous rentrions heureux de ces fêtes champêtres,
Et pendant la semaine entr'ouvrant ses fenêtres,
La belle pouvait voir son craintif chevalier
Passer en rougissant tout comme un écolier,

Essavant du regard à percer les guipures
Qui voilaient son idole aux lignes les plus pures.
Il voudrait entr'ouvrir ces trop épais rideaux,
Pour voir sa chevelure aux somptueux bandeaux,
Livrer ses longs anneaux aux perfides caresses
Du vent qui se berce aux boucles enchanteresses.
Je voulais les revoir ces grands yeux de velours
Dont les longs cils semblaient tout imprégnes d'amour :
Je cherchais ce regard aux fleches si brûlantes,
Je voulais m'enivrer de ces flammes troublantes.
Et goûter, par avance, au breuvage enchanté
Que Dieu donne aux élus dans son immensité !

JULES DESVAUX.

LE BACHELIER ET L'ÉPICIER

FABLE

Un bachelier de Pézenas,
D'autres disent de Carpentras,
Voulait secouer sa misere,
Et ne plus dévorer les croûtes de son père ?
Ce papa, comme tous, rêvait pour son enfant
L'emploi le plus ebouriffant.
Mon fils, disait-il, sera juge,
Avocat, procureur ; beau rêve, assurément ?
Mais la fortune gruge chacun à tout moment
S'étant vu repoussé par mainte et mainte porte,
Ce maigre bachelier ballote de la sorte
Ne sachant plus que devenir
Souhaitait pour tout avenir,
D'avoir son couvert mis a la modeste table
De quelque epicier charitable
Qui le verrait toujours soumis
Comme les plus humbles commis.

Enfin nous raconte la Fable ;
Un roi de la canelle,
Un obèse épicier,
Pour moudre du café prit notre pauvre diable,
Mais comme il ne put pas mordre dans ce métier
Il se vit, sans facon, bientôt congédier,
Et ne put obtenir jamais une autre place.
Un bel esprit serait loquace,
A rendre bien des points à maître Cicéron,
Dont Rome avec orgueil, aime à citer le nom.
Il pourrait, sans broncher, expliquer Demosthene ;
Elever sur les bords fleuris de l'Hipocrene,
Il pourrait s'élever aussi haut que le Brun
Tutoyer les Platon, sonder la politique
Et ne savoir jamais servir une pratique.
Contentons-nous du sens commun
Qui n'est pas la part de chacun.
Quand nous sommes petits, restons ce que nous sommes,
Si nous faisons le bien nous serons de grands hommes,

J.-C. Chaffal, *ancien pasteur.*

MON FORT

A mon ami Montfort

I

Dans un joyeux repas
Un aimable génie,
Fait que par lui j'oublie
Les peines, les tracas ;
Et que, dans la bouteille,
Le doux jus de la treille
Vaut mieux pour moi que l'or,
C'est peut-être mon Fort !

II

Permettez qu'entre nous,
Car j'ai fait les verroux,
Ma voix vous remercie,
Cela sans facétie,
Je le dis tout d'abord,
Comme un écho fidèle,
D'une amitié nouvelle ;
Entre nous c'est mon Fort !

III

Comme au roseau plié
Le lierre se lie,
Mon cœur à l'amitié
Se dévoue et se fie.
Dites-moi si j'ai tort ! ..
Je ne sais rien sur terre
Plus doux que ce mystère !
Je le sens, c'est mon Fort !

IV

Quand un ami nous quitte
Après quelques beaux jours,
Mon cœur le suit toujours,
De souvenir palpite
Et lui demande encor,
De ce temps qu'il regrette
L'écho qui le répete...
Je parle de mon Fort !

V

Avec joie et bonheur,
Alors je me rappelle
La gaîté que son cœur
Sous le calme recèle.

Par un tacite accord,
Dans le vide ma main
Serre la sienne... en vain.
Mais c'est toujours mon Fort

VI

Mais j'ai mon faible aussi,
Je puis le dire ici :
Il règne sur nos âmes
Et grâce a vous Mesdames,
Il regne sans effort,
Il veut que l'on vous aime
Sans vous le dire .. et même
Il surpasse mon Fort

POUTIGNAC-DEVILLARS

CHARMES DES RÊVES

SONNET

A Monsieur Evariste Carrance

Si ne rien faire est doux, rêver l'est davantage :
C'est si bon d'être la, pensif et rester coi,
L'œil noyé dans l'azur et subissant la loi
D'un songe merveilleux, d'un bienfaisant mirage

Monter jusqu'au Zenith, planer dans le nuage,
Errer dans l'infini, puis redescendre en soi,
En un monde idéal mettre toute sa foi,
Aux celestes parvis n'est-ce pas faire un stage

Le rêveur, sage ou fou, se plaît a se plier
A ces cheres erreurs qui lui font oublier
De la réalite les délices amères.

Extases de nos nuits, délires de nos jours
Charmants rêves dorés, illusions, chimeres,
En foule sur nos fronts resplendissez toujours.

(*Mai 1890*) EMILE MAHEUT

LA CONSCIENCE

SONNET

— Où vas-tu donc ainsi, mortel, cherchant ta route,
Sur tes pas entraînant, bras dessus, bras dessous,
L'ignorance et la peur escortés par le doute
Se regardant d'un œil louche autant que jaloux ?

— Par le fiel de la vie abreuve goutte à goutte
Je vais à l'aventure, errant et sans courroux
Comme aussi sans espoir, suivant de ma déroute
La course vagabonde et l'éternel remous.

— Relève ton courage et descends en ton âme,
Sondes-en les replis, il y brûle une flamme,
Intime sentiment, source pleine d'appas ;

Elle nous régit tous, malheur à qui la brave ;
Le fourbe est son tyran, le juste est son esclave...
Ta conscience, ami, saura guider tes pas.

(*Avril 90*) E. MAHEUT.

UN NID

L'oiseau léger s'en va sous la feuille qui pousse
Cueillir de l'herbe sèche et quelques brins de mousse ;
Quand il a composé son gracieux bouquet,
Il vole le cacher tout au fond du bosquet.

Au fragile rameau qu'une brise bien douce

Balance mollement sans bruit et sans secousse,
Il suspend son palais merveilleux et coquet
Au milieu des parfums de thym et de muguet.

Dans ce berceau si doux qu'ombrage la charmille,
Ou Dieu verse d'en haut l'amour de la famille
Que de muets soucis et de multiples soins !

Dormez, chers oisillons, ils savent vos besoins,
Ces êtres si joyeux, dont les voix sont si belles :
Dormez, votre sommeil est couvert de leurs ailes !

E. LEBERTRE.

A UNE DÉVOTE AIMABLE

CHANSONNETTE

A Jeanne de R...

O vous qui cultivez votre âme,
Vous la patronne de ce lieu,
Vous qui, jour et nuit, priant Dieu,
En attisez la sainte flamme,
De vos amis souvenez-vous !...
Attirez d'en haut les lumières
Attirez-les par vos prieres...
Invoquer le ciel est si doux ?
Sainte Jeanne priez pour nous ! (bis)

On dit qu'en vos rêves célestes
Vous voyez les anges la nuit,...
(Ce sont miracles manifestes !)
Comme ils volent à petit bruit,
Tout près de vous, sur cette terre,
En songe ils causent avec vous...
O l'incomparable mystère !
Que toucher au ciel est bien doux ?
Sainte Jeanne, priez pour nous ! (bis)

(*Mai 1890*) ONÉSIME POTUT.

GARDE A VOUS

Nobles enfants l'étendard de vos pères
Veut un abri dans vos fiers bataillons ;
Reverrons-nous bientôt des jours prospères ?
Le cœur se brise à tous ces aiguillons.
La volonté conduit à la victoire,
N'oubliez-pas que l'espoir est en vous :
Sachez cueillir les lauriers que la gloire
Discrètement a préparé pour vous.

REFRAIN

Gardons bien le seuil de la France,
Ne parlons pas de l'avenir ;
Apres ces jours faits de souffrance,
Nous saurons mieux nous souvenir.

Jours de revers, de pacte malhonnête,
Après Sedan l'espoir s'est abattu ;
La trahison prit le nom de conquête,
Sacrifiant aux vices la vertu.
Le sang versé pour la mère Patrie
Cria vengeance au peuple survivant
Que le vainqueur couvrait de raillerie.
Mais le vaincu lui dit en le bravant :

REFRAIN

Je subirai ton insolence
Ce qu'il faut c'est reconquérir ·
Mais que me fait ta vigilance,
Nous saurons noblement mourir.

Jours pleins d'espoir ou les suprêmes luttes
Auront besoin de tous les dévouements,
Anges bénis qui secourez nos chutes,
Et dont les cœurs forment nos régiments,
Comme toujours guidés par la tendresse,

Vous veillerez aux glorieux chevets ;
Aux coups du sort préparons-nous sans cesse
Pour l'allemand soyons toujours discrets.

REFRAIN

Ouvrons nos cœurs à l'espérance,
Sachons bien nous ressouvenir,
Travaillons, car la délivrance
S'impose enfin pour l'avenir.

TIGOVA CAPONITE.

L'ARBRE DE NOEL EN ALSACE

C'est le soir, et, dans la chaumière
On est triste, et pas un jouet
Les enfants faisaient leur priere ;
Parlant à la France, en secret.
Le père disait d'un air tendre :
« Pour eux qu'elle privation ! »
Et son cœur semblait se défendre
D'une pénible emotion ;
« Noel, avait repris la mere,
Privera longtemps nos chéris. »
Puis une larme bien amère
Tomba de ses beaux yeux rougis :
« L'exil enfin n'est que souffrance ;
Enfants, le bonheur est là-bas ;
L'arbre de Noel, c'est la France. »
Et les petits ne bougeaient pas.
Il se fit un morne silence :
Mais les enfants avaient compris :
Et leurs grands yeux pleins de vaillance
Exprimaient leur air tout contrit.
Tout a coup, sur un simple signe,
L'aîné partit au même instant ;

Mais tous gardèrent la consigne,
Emus et le cœur palpitant :
Alors, dans la modeste chambre
Où couchaient les pauvres petits,
Un jour sombre, jour de décembre,
Voilait les quatre petits lits ;
Mais au milieu, droit comme un arbre,
Un drapeau neuf aux trois couleurs,
Imposant comme un bloc de marbre,
Drapait l'enfant, les yeux en pleurs.
Il entonna la Marseillaise,
Tandis que le père à genoux,
Disait : « Noël ! mon cœur s'apaise. »
Eux répondaient ces mots si doux :
« Tes fils seront ton espérance,
Mais ne te décourage pas,
La rédemption viendra de France. »
Puis ils tombèrent dans ses bras.

TIGOVA CAPONITE.

A PIERRE BILLET

Cher maître, vous m'avez procuré le moyen
D'honorer le talent, de rendre au grand artiste
L'hommage qu'on lui doit, comme au grand citoyen ;
De Neuville en effet, si notre cœur est triste ;
A su par son talent, reveiller notre orgueil ;
Il a su retracer, dans maints sujets de deuil,
Du soldat de la France écrasée, abattue,
L'indomptable énergie en face de la mort !
Celle qui tôt ou tard, peut conjurer le sort ;
Celle que l'on étreint mais non pas que l'on tue !...
Sans oser du Destin sonder les profondeurs,
Oublions un moment nos cruelles douleurs,

Pour saluer l'espoir qui naît dans nos pensées
Que ces mêmes douleurs seront un jour pansées !...
Que le bronze ou le marbre, en symbole éloquent,
Rappelle la mémoire autant que le talent
De l'artiste qu'on pleure et qu'un jour à la flamme
Du vivant souvenir qu'il éveille en notre âme,
Ceux qu'il a tant aimés viennent, victorieux,
Devant lui déployer un drapeau glorieux !...
Ce sont mes vœux, cher maître, ils sont aussi les vôtres
Et je m'estime heureux d'en être un des apôtres ;
A vous je le devrai ! .. Je vous quitte, il est temps,
Serrez bien fort la main que de loin je vous tends !...

(1889) POUTIGNAC-DEVILLARS.

MANGEUSE DE POMMES

Ah ! corbleu le beau brin de fille
Que je trouvais sur le chemin...
Un regard de velours qui brille,
Un port de reine... ou de catin.

Elle allait sur la route grise,
Fraîche et pimpante en ses atours,
Mêlant aux chansons de la brise
Le chant perlé de ses amours.

Tout à coup, la petite folle
Interrompant son air joyeux,
Ainsi qu'un oiselet, s'envole
Vers un arbuste au front poudreux.

C'est un pommier... alerte et belle
A faire battre un cœur d'airain,
Le long de l'arbuste rebelle
Elle allonge une douce main.

Voilà que le succès couronne
Les efforts de cette beauté :
Elle tient la magique pomme,
Un fruit superbe, en vérité !

Alors... le cœur n'est pas de roche
Je m'approchais tout rougissant,
Et pris un couteau dans ma poche
Pour l'offrir a la belle enfant !

Aussitôt, sans être farouche,
Elle refusa le couteau,
Et fit voir, entr'ouvrant la bouche
Des perles de la plus belle eau.

Et voilà qu'Eve la mignonne
Se réveilla dans mon cerveau...
Que n'étais-je le premier homme
Pour partager ce fruit nouveau !

Mais la fillette aux yeux superbes
Croquant le fruit sentimental,
Disparut à travers les herbes
Avec mon rêve Oriental !

Mais corbleu le beau brin de fille
Que je trouvais sur le chemin...
Un regard de velours qui brille,
Un port de reine... ou de catin !

ÉVARISTE CARRANCE.

LE DERNIER SALUT

A Frédéric Bertrand

Tu n'es plus, Frédéric, à jamais ta paupiere
S'est fermée, et tu dors maintenant sous la pierre

Froide comme ton front.
Dors en paix, citoyen, ah ! c'est la délivrance,
Oui, pour toi, pauvre ami, plus jamais de souffrance,
De torture et d'affront.

Salut grand exilé, dont l'âme ardente et fière
Fut toute à la patrie, oh ! ta longue carrière
Et tes jours si remplis :
De chants, d'amour, de tout, de crainte et d'allégresse,
Et ton cœur si vaillant, ta force et ton adresse,
Oh ! sont ensevelis !

Pour la dernière fois ma faible voix t'appelle,
Tu ne nous réponds pas. . mais ton âme fidèle
Viendra souvent le soir.
Ce sera comme un rêve attendrissant qui touche,
Triste et doux, et pareil à l'astre qui se couche
A l'horizon tout noir.

Salut, grand inconnu, salut vieux democrate,
Grand materialiste, apôtre de Socrate
Et de l'humanité.
Ah ! la tombe est muette... autour d'elle on sanglote...
Sur la tienne un vent passe, et c'est — ô patriote,
Celui de liberté !

(Juillet 1886) GEORGES BERTRAND.

SAULE PLEUREUR

A la memoire de Tony Meraville.

O toi dont les rameaux s'inclinent
Pieusement sur les tombeaux
Ou nos pauvres corps s'acheminent
En attendant des jours plus beaux ;

Saule pleureur qui toujours veille,

Qui prie et qui sanglotte au vent ;
Aux morts, toi qui prêtes l'oreille
Ainsi qu'un gardien fervent.

Dis-moi, bien bas, ô mon bon arbre,
Dis-moi, n'entends-tu pas la nuit,
S'échapper de dessous le marbre :
Une voix, une plainte, un bruit ?

Ah parle ! car si je t'implore,
C'est que mon cœur est anxieux ;
C'est que... c'est que je doute encore
Que sous terre il ferme les yeux.

FRANCISQUE DUMONT.

ABEILARD

Subtil dialecticien, penseur infatigable,
Trop hardi, trop nouveau dans un siècle de fer ;
Tes accents pénétrants, si subits que l'éclair,
Appellent sur tes pas la foudre redoutable.

Plus de flots d'auditeurs sous le Ciel qui t'es cher :
Ta raison, tes concepts, ta doctrine est coupable !
Clairvaux, le Vatican de son bras formidable
T'abreuve dans l'exil de son breuvage amer !

La jeunesse te pleure et Lutèce se voile
Pareille à l'horizon qui n'a plus son étoile,
Malheureux Abéilard, que n'es-tu de nos jours ?

Tu laisserais aller l'aile de ton génie
Jusqu'où l'emporterait la science infinie,
Et tu verrais vers toi tes ardentes amours.

MARIE LAMM.

LA RENOMMÉE QUI NE COUTE RIEN

Si vous voulez que votre nom
Fasse du bruit comme un canon,
Et parcoure toute la France :
Faites de bons quatrains
Approuvés par Carrance.

J. CHAFFAL.

LETTRES D'AMOUR

« *This is to be alone!* »
(LORD BYRON. — CHILDE HAROLD)

Vous qui m'apportez la pensée
De l'amante que j'ai laissée,
Hélas! sans espoir de retour ;
O vous, chers témoins de ses larmes,
Messageres de ses alarmes,
Salut ! Salut ! lettres d'amour !

Vos pages où je vis sa vie,
Tièdes des baisers que j'envie,
Me versant un amer bonheur,
Mettent sur ma levre enfiévrée
Par cette enivrante curée,
Comme une étreinte de son cœur!

Dans la sombre nuit ou je passe
Accourant à travers l'espace,
Vous êtes le jour, le réveil,
Comme quand la foudre est recrue,
Brûle soudain, perçant la nue,
Un ardent rayon de soleil!

Vous me parlez et votre haleine
D'un doux parfum est toute pleine :

Parfum bien connu, car un jour,
Tenant Lise en mes bras pâmée,
J'ai mordu sa gorge enflammée ;...
Merci, Merci, lettres d'amour !

Mais, dans vos plis, combien de peines
Peut-être me guettent, prochaines.. ?
Oublié, trahi quelque jour,
Si je vois ma derniere aurore,
Sur mon cœur vous serez encore,
O cruelles lettres d'amour !

P. SIRVENTE.

ELLE !

L'âme seule pensait, la bouche était muette...
Le long d'un frais sentier je marchais à pas lents,
Ecoutant gazouiller les oiseaux dans les champs :
Sur ses bords j'aperçus une humble pâquerette.

D'un mouvement distrait, je me penche et la cueille :
Pauvre petite fleur ! connais-tu l'avenir ?
Et voudrais-tu te rendre au gré de mon désir ?
« Oui » dit-elle .. et, tout bas, sans pitié je l'effeuille.

Ne me demandez pas tout ce qu'elle m'a dit :
C'est un secret du cœur ; mais elle m'a prédit
Que je serai plus tard heureuse en mariage ;

Depuis ce jour, j'attends celui qu'elle a nommé ;
Mes rêves sont remplis des traits du bien-aimé...
Jamais mes yeux n'ont vu plus séduisante image !...

J. QUINCAMPOIX.

LUI !

La lune au ciel brillait, et l'oiseau solitaire
Charmait l'heureux bocage attentif à sa voix ;
La brise remuait les feuilles des grands bois
Et nos cœurs, de la nuit, contemplaient le mystère.

Nous étions là, tous deux, moi debout, elle assise ;
Nous ne nous disions rien — nos cœurs parlaient pour [nous ;]
Un ange nous eût vus qu'il eût été jaloux :
Tout-à-coup, minuit sonne à notre vieille église !

L'oiseau nous laissant seuls, avait gagné son nid ;
Nous n'avions pour témoin réel que l'Infini :
Tremblante, elle me fit ce doux aveu : « Je t'aime !...»

Et ma main, doucement, pressait avec bonheur
La sienne en la portant de ma levre à mon cœur. .
O ! nuit !... nous rendras-tu cette extase suprême ?...

J. Quincampoix.

APPEL A LA CHARITÉ

O vous que le destin n'a pas fort mal traités,
Vous qui n'avez jamais connu de la misere
Que les pâles récits d'écrivains patentés ;
Vous enfin pour qui tout est bonheur sur la terre,

Abaissez un regard sur ces déshérités
Que l'aveugle fortune, agissant en mégère,
A privés de ses dons, pourtant si convoités ! —
Surtout ne faites pas l'aumône à la légere.

Et, sachant discerner le vrai pauvre du faux,
Tâchez de soulager les innombrables maux
Torturant à l'envi notre faible nature...

Songez également qu'un sérieux devoir
Vous oblige à donner selon votre pouvoir,
Afin de mériter l'indulgence future !...

A. BAZELAIRE.

MON EXPOSITION

Paris recèle encor, dans son énorme ventre,
Un flot pressé de visiteurs.
En flux tumultueux la foule sort et entre
Avec des cris admirateurs.

O vous sur qui s'assied la noire tyrannie,
— Couronne d'or, teinte de sang ! —
Contemplez ces palais faits d'or et de génie,
La liberté fut l'artisan.

Moi, je vous laisse errer dans la ville enchantée,
Epanouir un long regard
Sur la tour effrayante, au sein des cieux montée,
Œuvre de l'homme, œuvre de l'art.

Oh ! que j'aime bien mieux ma riante verdure,
Mon doux air frais, mon grand ciel bleu !
Mon exposition, à moi, c'est la nature,
C'est le soleil aux traits de feu !

. . . .

Quoi ! tu ne verras pas la fête merveilleuse,
Ce phare du progres, cette tour orgueilleuse
Jetant le nom d'un homme à l'immortalité !
Et ces mille chefs-d'œuvre et ces mille machines,
Ces jardins, ces salons, ces palais qui fascinent,
Qui donnent à la France un frisson de fierte ?

Non, je ne verrai pas la merveilleuse fête.
La nature, pour moi, sous le grand ciel apprête

Un spectacle plus beau, mille fois plus charmant.
Vos salons somptueux et votre tour superbe
Ne me sont pas si chers que le moindre brin d'herbe...
Je n'y vois pas la main du bon Dieu, tant aimant !

J'aime moins votre tour que le pic intrépide
Qui perce le nuage affreux, au front livide,
Pour retrouver plus haut les vastes champs d'azur !
Messagère du jour, tous les clairs matins, l'aube
A tous les yeux, ouvrant pudiquement sa robe,
Donne aux monts embaumes son baiser le plus pur !

Je n'ai point admiré vos fontaines de flammes
Où l'eau s'élève et tombe en flamboyantes lames,
Où chaque jet puissant prend un masque de feu !
Mais j'ai la source claire, aux ondes cristallines
Qui gentîment sautille en vives cascadines,
Œil toujours entr'ouvert, regardant le ciel bleu !

Dans vos fêtes de nuit, les lumieres sans nombre,
Etincelant au front de chaque palais sombre,
Chassent le voile obscur et font croire au soleil !
J'aime mieux la lueur pâle et mystérieuse
Qui descend, à travers la nuit silencieuse,
Des étoiles d'argent, et préside au sommeil !

Le toit de mon palais, c'est la vaste coupole
Faite d'un seul saphir où va tout ce qui vole,
Pleine de chants, le jour, et d'étoiles, la nuit !
Mon tapis, riche et beau, c'est la pelouse verte,
Mœlleuse, infinie, et par moments couverte
De fleurs scintillant plus que la perle qui luit !

Si vous avez le bruit, j'ai le calme tranquille
Qu'on goûte dans les champs, loin de la grande ville.
J'ai les chansons du bois, j'ai l'encens de la fleur,
J'ai l'humble solitude, et la mélancolie

Qui fait que l'on soupire, et qui souvent allie
Le calme de l'esprit à la bonté du cœur !

Oh ! que j'aime bien mieux ma riante verdure,
Mon doux air frais, mon grand ciel bleu !
Mon exposition, à moi, c'est la nature,
C'est le soleil aux traits de feu.

(*Octobre 89*) Léon Huot.

CHANT DU BERCEAU

Incipe, parve puer, risu coquoscere matrem.

Près du berceau paisible
Où repose l'enfant,
C'est un ange visible
Qui le veille et défend.

Vers le soir, en silence,
Pour charmer son sommeil,
Sa mère le balance,
Attendant son réveil.

De sa voix douce et tendre
Qu'aime son nourrisson,
Elle lui fait entendre
Sa joyeuse chanson :

O rêve de ma vie,
Toi qui fais mon espoir,
Dans mon âme ravie,
Combien j'aime à te voir !

Dors en paix, mon bel ange,
Sans crainte et sans souci ;
A chanter ta louange,
Dieu me convie aussi.

Des jours de ton enfance
Garde le souvenir,
Que ta tendre innocence
Guide ton avenir.

Mais l'enfant dont l'oreille
Est faite à ce doux bruit,
Doucement se réveille,
A sa mère il sourit.

Et sa tendre caresse
La comble de bonheur,
Une ineffable ivresse
Pénetre tout son cœur.

Sur le sein de sa mère,
Son refuge et son port,
L'enfant se désaltere,
Et bientôt se rendort.

J. Lambert,
Officier d'Académie.

MONT-OLIEU

(AUDE)

J'ai gardé bonne souvenance
Des charmants coteaux de la France
Que l'on appelle Mont-Olieu.
Là s'élève un vieil ermitage,
Où tous les ans, selon l'usage,
Chacun va prier le bon Dieu.

Voyez la procession sainte,
Qui, bientôt, remplira l'enceinte
De cet asile vénéré.
L'acolyte au rouge écarlate,

Balance l'encensoir qui flatte
Le front pâle de son curé.

Les filles, à la robe blanche,
Descendent comme une avalanche,
Et montent à ce lieu béni.
Dans leur main brille une lumière ;
Elles déploient une bannière,
Qui s'étale sans aucun pli.

On chante, on prie, on s'évertue.
Contre la misère, qui tue,
On cherche une consolation.
Saint-Roch aime les âmes pures ;
Quittez donc les vaines parures,
Filles, pour plaire au saint patron.

Quand la peste, fléau terrible,
Qui fait tout passer par son crible,
Désolait les pauvres cités,
Saint-Roch, quoiqu'il fût gentilhomme,
Dédaignant de coiffer le heaume,
Fut un héros de charités.

Tombé malade, en Italie,
Un chien lui tenait compagnie
En lui portant de quoi manger.
Admirons tous la Providence,
Qui, par cette tendre assistance,
Le mit enfin hors de danger.

« Ne rejette pas nos demandes ;
« Grand Saint, accepte nos offrandes ! »
Disent les filles, à l'autel.
« Nous te faisons le sacrifice
« De nos rubans, sois-nous propice ;
« Plus tard, fais-nous entrer au ciel. »

« Nous savons, ô Vierge Marie,
« Que dans cette grotte chérie,
« Où nous allons chanter en chœur,
« Ton oreille entend nos paroles,
« Que tu calmes et tu consoles :
« Donne-nous aussi le bonheur. »

Au pied de la fraîche colline
De l'ermitage, on s'achemine
Vers un couvent de Saint-Benoît.
Bénédictins, la croix féconde,
Par vous civilisant le monde,
Les sciences eurent un toit !...

Enfant de Saint-Vincent de Paule,
Perboyre,* ta douce auréole
Sur ces lieux jette son éclat.
Les sœurs de charité t'implorent,
Et leurs phalanges qui t'honorent,
S'y reposent de leur combat ?...

J.-E. Escourrou-Lapujade.

* Le révérend martyr de la Chine, beatifié.

AMOUR PLATONIQUE

J'aime à te voir, à l'heure où le frêle roseau
Se colore, des feux qui rougissent la plaine,
A l'heure du mystère, où l'on entend à peine
Le murmure du vent, la plainte du ruisseau.

Je t'aime quand la nuit, couvrant de son manteau
La nature endormie, est splendide et sereine,
Tu m'apparais alors, mon idole, ô ma reine,
J'admire ton front pâle et si large et si beau.

Oh ! j'aime tes grands yeux qui rêvent dans l'espace,

A quoi donc rêvent-ils?... nul ne le sait, tout passe,
Ton regard seulement est immuable, éternel.

Je t'aime, entends-tu bien?.. mais toi, dans la nuit brune,
Impassible, railleuse et d'un ton solennel
Tu dis : c'est un poete amoureux de la Lune.

(*Juillet 1884*) GEORGES BERTRAND.

FAUT S' FAIR' DES AMIS PARTOUT

CHANSONNETTE COMIQUE

J'ai pour princip' de n' pas faire en ce monde
Comm' tant de gens en font, de l'embarras,
Et l'on me voit prodiguer à la ronde
Saluts et serr'ments d' mains à tour de bras.
J'ai pour chacun un sourire agréable,
De mes voisins parfois mêm' j' saute au cou,
Et d'un grincheux je vante l'air aimable :
Faut s' fair' des amis partout.

J'ai maintes fois, sans peur de m' compromettre,
De mon concierg' balayé l'escalier,
Et, pour lui plair', j' monte un journal, un' lettre
Aux locatair's de palier en palier.
Quand pour un' cours' j' prends un sapin qui passe,
Si le temps change et s'il pleut tout à coup,
L' cocher s' met d'dans et j' me mets à sa place :
Faut s' fair' des amis partout.

Comm' j'habit' dans un quartier solitaire,
Il m'arrivait souvent d'êtr' forcé l' soir
D' fair' le coup d' poing pour ne pas m' laisser faire
Par quelq' rôdeur ma bourse ou mon mouchoir.
Pour regagner sans craint' mon domicile
Je m' suis mis bien avec un vieux filou :

En qualité d' copain on m' laiss' tranquille...
Faut s' fair' des amis partout.

Les animaux, c'est un' chose notoire,
Sont susceptibl's parfois d'affection,
Et d'Androcles nul n'ignore l'histoire :
Il dut la vie au bon cœur d'un lion.
Aussi quand au Jardin des Plant's j' m'approche
D'un tigre énorm', quand j' vois l'ours dans son trou,
J' leur offr' tout d' suite à chacun un' brioche...
Faut s' fair' des amis partout

Bien qu' des maris je sois le vrai modele,
Ma femm' reçoit dans son intimité,
Si j'ai l' malheur d' la quitter d'un' semelle,
Un artilleur d' la casern' d'à côté.
J'allais m' facher de la plaisanterie,
Lorsqu'ell' me dit : Vois-tu, mon gros Loulou,
Nous n' connaissons personn' dans l'artill'rie :
Faut s' fair' des amis partout.

La dernier' fois qu' j'ai changé d' domicile,
J'avais fait v'nir quatr' forts demenageurs,
Comme ils n' paraissaient pas d'humeur facile,
J' dis aussitôt pour gagner leurs faveurs :
N' vous gênez pas : allez donc prendre un' pure,
Dans votr' metier faut s'humecter beaucoup...
Pendant c' temps-la j'ai chargé la voiture :
Faut s' fair' des amis partout.

En tramway, quand un monsieur tient trop d' place,
J' m'asseois par terr' pour lui faire plaisir ;
Au restaurant quand la foule s'entasse,
Je m' leve et j'aid' les garçons à servir.
Dans un chalet, pour un besoin qu'on d'vine,
Si j'entr', j' donne un pourboire avant tout,
Et je n' pars pas sans rincer chaq' cabine...
Faut s' fair' des amis partout.

Aux amoureux j'aime à rendre service.
Hier sur un banc j'aperçois un lignard
En train d' serrer d' très près un' gross' nourrice
Qui n' savait plus ou fourrer son moutard.
Pour éviter quelq' fâcheuse anicroche
A la payse ainsi qu'au tourlourou,
Pendant deux heur's c'est moi qu'ai gardé l' mioche...
Faut s' fair' des amis partout.

GEORGES GILLET.

LE DROIT ET LE DEVOIR

Chacun dit : c'est mon droit ! et chacun en abuse,
Et tout le monde en veut avoir ,
Mais il faut aussi dire à moins d'être une buse :
Le droit n'est rien sans le devoir.

(*Mai 1890*) ONÉSIME POTUT.

LE STOICISME DE CATON

Et si fractus illabatur orbis
Impavidum ferient ruinæ (HOR)

Quand l'univers irait croulant de toutos parts,
Caton ne tremble pas, Caton est invincible ;
Devant le fer, le feu, devant mille remparts,
Dédaigneux des vains bruits, il demeure impassible !

ONÉSIME POTUT.

DÉSIR FAROUCHE

A mon ami A. Ancian.

Veux-tu, belle sultane,
Pour te désennuyer,

Dans ma blanche tartane
Fendre le flot léger?

Veux-tu que je profane,
En voulant l'essuyer,
Ton beau corps diaphane
Sur ce lit d'oranger?

La sultane indolente
De bijoux ruisselante
Répondit sans frémir :

Mon doux sultan qui m'aime
Je veux à l'instant même
La tête d'un émir.

F. DAVID.

UN TÊTE-A-TÊTE

Aimez-vous voir la femme à travers un peignoir.
Me disait l'autre jour un coureur de boudoir.
Moi je lui repondis en regardant la nue,
En peignoir elle est belle, elle est mieux toute nue.

(*Août 1889*) F. DAVID.

LE COR

A Evariste Carrance.

Ecoute... dans le soir, sur l'aile de la brise
Quelle fanfare passe en son hardi transport ?
La colline tressaille, en son sommeil surprise,
Et le cœur bat plus fort.

C'est le cor.. cette voix melancolique et rude,
Comme un souffle geant, vibre avec passion

Et seule, elle prend tout, la vaste solitude
Les monts et le vallon !

Loin des réduitshumains, libre, sauvage et fière,
Ce qu'il lui faut, c'est l'air, les champs silencieux,
La profondeur des nuits et la nature entière,
L'espace et les cieux !

Dans l'air tout frémissant, l'ame écoute, rêveuse,
Ce que lui dit ce chant mâle et triste à la fois...
Les cieux semblent plus grands, la nuit plus mystérieuse
Et plus profonds les bois !

Dans les vibrations de ces notes altières
Passe tout un essaim de rêves enchanteurs,
De visions d'amour, de brillantes chimeres,
De gloire et de splendeurs !

Mon rêve de ce son suit la large envergure ;
Oui, j'aime ces éclats dont les lointains échos
A moi, chasseur ardent, amant de la nature,
Semblent dire ces mots :

« A toi, vaillant chasseur, les plaines, les campagnes ;
« A toi l'air pur, au ciel, et la franche gaieté ;
« A toi les verts coteaux et les hautes montagnes ;
A toi la liberte !

G. Béney.

SONNET

A Alfred de Musset.

O Musset, c'est toi que je voudrais égaler,
Toi, dont la passion, l'ardente frénésie,
Consuma tant de vie en une seule vie !
Toi qui, pour être beau, n'eut qu'a te rappeler !

Quand on souffre, dis-moi, suffit-il d'étaler
Ses maux pour mériter la palme du génie ?
Apprends-moi, toi qui sais, à trouver l'harmonie
Dans les fiévreux tourments dont je me sens brûler..

Malheureux comme toi, je suis heureux de l'être :
La douleur est une eau qui peut féconder l'être...
Tes chants ne sont-ils pas qu'un composé de pleurs ?

Ce calice amer, où tes lèvres ont dû boire,
Ah ! ne le maudis pas ! En pétrir tant de gloire,
C'est là se bien venger des humaines douleurs !

G. Béney.

RÊVERIE

« Que faire en son gîte à moins que l'on ne songe ? » Ou comme variante de ce bon M. Lafontaine, on pourrait dire : « à moins que l'on n'écrive », car pour tous les griffonneurs, il n'y a pas de plus doux passe-temps que celui, où la plume à la main, on laisse errer sa pensée au gré de son imagination !

La mienne, en ce moment, me transporte dans le monde invisible A l'œil nu nous n'apercevons aucune des splendeurs que Dieu a mises au firmament, et la clarté du jour nuit aux beautés célestes.

A l'heure où tout s'endort, à l'heure où la nature, fatiguée du travail incessant de la journée, semble se recueillir avant de prendre un repas bien mérité, à cette heure là, le cœur séléve vers Dieu, et dans le rayonnement divin, entrevoit du céleste séjour, les magnificences

Ne vous est-il donc jamais venu à la pensée de vous demander ce qu'étaient ces multitudes de lumières, répandues à profusion dans l'immensité ?

N'avez-vous jamais réfléchi que la douce lumière de la lune pouvait être autre chose qu'une banalité ?

Sont-ils sans ordre, sans suite, ces satellites nocturnes ?

Tous ces scintillements qui se meuvent dans l'espace, regardez-les attentivement, et dites si vous ne vous sentez pas ému après les avoir admirés ?

Ne vous rappelle-t-il pas chacun, un être que vous avez tendrement aimé, et qui par un privilege spécial de Dieu, a le don de venir, le soir, vous parler, vous conseiller ?

Cette petite étoile tremblante, ô mere, est peut-être ce petit cherubin que Dieu, trop tôt, a rappelé vers lui, pour lui éviter de la vie, les tristesses et les amertumes ?

Oh ! tu l'as bien pleuré le cher petit ange ! Mais, regarde, il vient te dire : « Mere, seche tes larmes qui offensent Dieu et me font du mal ; tous les soirs, à l'heure du mystere, je viendrai te sourire ! »

Et cet astre, plus loin, radieux et fendant l'espace, est l'âme pure et sainte d'une jeune vierge, qui par une permission divine, revient de temps en temps vers ceux qui la pleurent, pour leur dire d'esperer et de bénir Dieu.

Encore plus loin, l'etoile pâlissante représente le père ou la mère d'une famille desolee. Oh ! ces larmes-là sont bien amères, et nul paraît-il, ne peut en tarir la source.

Mais, levez les yeux, et l'etoile en passant dira : « Je vous attends. »

Enfin, planant au-dessus de toutes ces lumieres, et dans un pâle rayon, la reine de la nuit apparaît !

Ne la reconnaissez-vous pas ?

Et vos genoux ne plient-ils pas devant cette Majesté ?

C'est la Vierge Marie !...

Son regard est voilé pour ne pas nous éblouir de sa

beauté toute céleste, et sa voix harmonieuse murmure ces mots : « Vous tous qui souffrez ou qui pleurez, élevez vos cœurs jusqu'a moi ; j'ai un baume souverain pour guérir les blessures et sécher vos larmes ; je vous l'envoie, c'est l'espérance de vous retrouver un jour la-haut, près de moi, avec vos chers envolés.

Et, lorsque, au matin, l'aurore écarte la nuit sombre, un soupir profond s'échappe de votre poitrine, car il vous semble perdre une fois de plus ceux qui sont partis ; alors vous aspirez vivement voir revenir le soir, car en levant les regards vers le bleu firmament, vous retrouverez toujours, vos enfants, vos amis, Jésus et Marie.

(*Mars 90*) MYOSOTIS.

BRUGES

PROSPÉRITÉ ET DÉCADENCE

I

Majestueusement assise à l'extremité méridionale d'un golfe magnifique, dont le moyen-âge se plût à faire l'apothéose, — Bruges, que ses eaux, son commerce, ses palais, voire aussi son école de peinture, firent surnommer la Venise du Nord, jouit de 1200 à 1500 ans, d'une incontestable preponderance et, sous les ducs de Bourgogne, ne trouva, dans l'Europe entiere d'autres emules que Londres et que Novogorod. Cinq ports sulbaternes s'agenouillaient, humbles vassaux, devant la vieille capitale flamande, pour rendre hommage à sa suzeraineté Les armées navales de la France et de l'Angleterre circulaient, entre Bruges et Catzand (*tra suzzante e Bruggia*), comme se promènent, aux larges fossés d'un château feodal, des cygnes ravissants, à la blanche encolure. Le monde des affaires armait des flottes pacifiques, pour céler les flots du fameux golfe au regards de l'astre du jour. Cent cinquante voiles passaient, en vingt-quatre heures, devant les murs de Lammensvliet, et déchargeaient leurs riches cargaisons, au confluent de la Suène et la Reie. Que de splendeurs s'épanouirent dans cet *Eldorado*, où se coudoyaient les consuls des nations et les ambassadeurs des souverains ; où des centaines de patriciennes d'une beauté féerique et proverbiale (*formosis Bruga puellis*) éclipsaient, par leur faste, l'envieuse reine de France et de Navarre ; où les fortunés époux de ces patriciennes joûtaient pour conquérir, à la pointe de la lance, le diamant de la victoire ; et, au sortir des tournois, le fixer avec ivresse, dans les cheveux d'ébène ou sur les corsages en drap d'or de leurs chastes moitiés !

II

La guerre civile, l'invasion étrangere et surtout l'ensablement de la Suene anéantirent tant de bien-être. Notre grand port maritime disparut ; Mude et l'Ecluse, de flamandes devinrent zélandaises ; Houcke et Damme se tranformèrent en humbles villages. De Munkenreede il ne reste pas pierre sur pierre, pas l'ombre du moindre débris architectonique ; a tel point que le campagnard du « Franc de Bruges » se demande, sans pouvoir se répondre, si cette « rade de moines » a jamais existé.

Notre port meridional, qui recevait les produits intérieurs de l'industrie flamande, ce *Minnewater* légendaire qu'est-il devenu ? Un simple paysage, dont les eaux s'agitent mélancoliquement, au souffle de la bise ; vaste bassin, dont aucun esquif, pas même une gondole vénitienne, arborant le pavillon vert de l'espérance, n'ose troubler l'apathique et somnolente solitude Quelque vieille tour isolée s'y tient debout, sentinelle muette et infatigable, pour renforcer, en ce désert, le silence éloquent de la Trappe. L'archéologue, plus curieux que que discret, découvrirait peut-être, de temps à autre, sous une arche du pont d'amour, un moderne Daphnis mêlant, par un clair de lune douteux, ses pleurs à ceux du lac et gourmandant *in-petto* l'insensibilite de son Alcimadure. .

Pauvre berger, cesse d'être égoiste et de songer à toi-même ! Pleure non tes propres infortunes, mais des maux plus grands que les tiens ! Souviens-toi d'une cité hors ligne degringolee du pinacle de la gloire ; de la métropole, que, au sein de la decadence, Albert Dürer trouvait encore si belle, qu'idolâtrait Thomas Morus ! Souviens-toi de Bruges, qui porta une triple couronne, un sceptre à la fois politique, artistique et commercial ; et dont les rues, aujourd'hui couvertes de mousse et d'ivraie, sont envahies par des mendiants en guenilles et des chiens vagabonds !

Comte Van de Walle

CHANSON

Veux-tu pas que je chante un peu
L'Océan rude et le ciel bleu ;
Le roc, bronze par la tempête ;
Et la plage où l'on va, rêveur,
Mêlant son esprit et son cœur
Au cri plaintif de la mouette.

Veux-tu pas, sur ce sable doux
Oublier tristesse et courroux,
Ecouter la chanson tranquille
De la pêcheuse au teint hâlé ;
Dire · l'ennui s'est envole
Au fond de quelque étrange ville.

Veux-tu pas, quand tombe le soir,

Réveiller ton âme à l'espoir ;
Et sentir, doux flot d'ambroisie,
En ton cœur que tu croyais mort
Se lever, douce et sans effort,
La pure et chaste poésie ?

Veux-tu pas essayer un peu
Sous le ciel si doux et si bleu,
Devant cette mer caressante,
D'oublier le sombre passé
Et de poser ton cœur blessé
Sur le sein d'une jeune amante !

(*20 Septembre*) ÉVARISTE CARRANCE.

DÉSIRÉ PIHUIT

Tailleur civil et militaire, Ancien sapeur-pompier de Montfort-sur-Meu, Ancien sous-officier, specialement instructeur, au 3e bataillon de la 4e légion d'Ile-et-Vilaine en 1870-71

Né le 7 mai 1841 a Mauron (Morbihan).

Berger, de l'âge de 4 ans a 14 ans, entre la lande de Saint-Jouan et la forêt de Paimpont (Ille-et-Vilaine).

N'ayant jamais étudie même une heure dans une école, le premier travail de ce genre eut lieu au petit hameau des Bourdonnais, pays à la fois poétique, pittoresque et sauvage.

Pour la lecture : sous la direction d'une mère sachant à peine lire ; et pour l'écriture : sous la direction d'un père ne sachant ni lire ni écrire, mais ayant appris, au régiment, à signer et à copier l'alphabet. Instruction qui fut amplifiee plus tard, avec l'aide de camarades et d'amis devoués, particulièrement M. Grelet, de La Rochelle et M. Texier de la Pommeraye, de Colombe, pres Paris.

Aujourd'hui que chacun a son diplôme de bachelier dans sa poche, cette instruction sommaire n'offre plus aucun interêt

Quant aux œuvres littéraires, n'en parlons pas. Les travaux manuels, qui donnent le pain quotidien, empêcheront beaucoup de choses.

L. D.

L'HIVER

Par une soirée d'hiver, en regardant dans l'ombre, je crois apercevoir le tableau de la vie ; la neige semble partout s'etendre comme pour attrister davantage les sombres et douloureuses pensées. L'eau, le froid, les éléments courroucés ont dévasté la terre et lui ont enlevé sa riche parure. Le pauvre intimidé reste dans sa chaumière , le riche en son logis. Tout est triste et morne, tout paraît languissant Pas un seul cri de joie chez les doux oiseaux du ciel A peine aperçoit-on quelques corbeaux qui semblent contempler la nature convulsionnée.

Combien d'ouvriers connaissent le chômage amer sous le terrible joug de l'hiver ?

Que de tristesses en attendant le printemps si long à venir.

L'enfant grelotte dans les bras de sa mere ; le vieillard dont les membres sont engourdis par le froid n'ose abandonner l'âtre dont il est le fidele gardien.

Seuls, les amoureux aiment les longues veillées de l'hiver et font de beaux rêves que le doux printemps viendra réaliser

LOUIS DELAVERGNE.

LES GRILLONS

(PROSE RIMÉE)

Lorsque apparaît l'aurore d'un beau jour, les grillons joyeux se levent ; Et dès l'aube, ils entonnent leur chant harmonieux, La nature est dans sa gloire, les hirondelles volent en tous sens et s'élèvent, Les oiseaux voltigent en mêlant leurs chants mélodieux.

Acteurs sans trêve, ils chantent sans cesse du jour à la nuit, Alors que tout fleurit et végète, ils chantent les merveilles de la nature, Et si les nuages n'ont pas versé de pluie, ils chantent bien après que le soleil a lui. Chantez enfants du printemps, vous laissez dans le cœur une joie franche et pure,

Car vous êtes le concert charmant, le chant toujours renouvelé, Dont la scene figure dans la crete, la plaine, même dans la cité ; Celui que l'on attend, que l'on chérit, qui est toujours rappelé, Artistes passagers et pratiques, dont on regrette le départ précipité ;

Qui chantent l'hymne éternel, réconfortant et sympathique, Celui qui regne dans l'âtre, partout, aux foyers d'une modeste science. Les acteurs du théâtre caché, sensuel, périodique, Qui réveille l'esprit, charme le cœur, adoucit la souffrance.

(*Jura*) E.-B. GROS-PIAT.

LE TRAVAIL

SONNET

Richesse, amour, grandeurs, rien ne vaut le travail :
C'est le vaillant champion l'ami de la jeunesse,
C'est l'appui, le soutien de l'homme en sa tristesse,
C'est du *far niente* l'horrible épouvantail.

Que le désœuvré porte habit, robe ou camail,
Qu'en un luxe pompeux il vautre sa mollesse,
Il n'égalera pas en valeur, en noblesse
Le pâtre ramenant ses troupeaux au bercail.

Si le labeur parfois est une rude chose
D'un bonheur ineffable il est souvent la cause
Pour qui sait lui donner son courage et sa foi

Messagers du progrès, artisan du bien-être,
Aux petits comme aux grands, il impose sa loi
Et, serviteur des rois il les commande en maître.

EMILE MAHEUT.

L'AME QUI CHERCHE SON IDÉAL

SONNET

Ou t'en vas-tu dis moi, pensive et lumineuse
Si doucement dans l'air caressé par zephyr ?
Ame que cherches-tu, si tendre et si rêveuse,
Aux yeux voluptueux dans ton ardent désir.

Peut-être cherches-tu, suave âme amoureuse
Ton idéal, formé d'un transport.. d'un soupir,
Et l'espoir dans le cœur déja te rend heureuse
De posseder l'esprit qui te fera jouir.

On dirait que tu sais que c'est ta destinée
De retrouver l'amour, qui pendant sa saison,
Venait content vers toi, ravi de ton idée. .

Que de beaux jours mal fuis à perdre la raison,
Lorsqu'on pressent le cœur trahi par l'hyménée,
Mais tu gagnes le temps qui reste à la moisson.

LUIGI ACQUARONE.

HOMMAGE DE SYMPATHIE

ODE

Touché de la plus pure
Flêche que fit l'amour,
Pour ta belle figure
Et suave couleur.

Du milieu de mon âme
D'où s'exhale un soupir,
Sort, m'enivre, et m'enflamme
Le plus vif désir.

Ce désir prit naissance
De l'esprit de bonté
Qui fleurit ta presence
D'une rare beauté.

Il grandit dans le charme
Que je trouve à te voir,
Mon désir est une arme
Qui soutient mon espoir.

Mon espoir c'est l'idée
D'envahir l'horizon
Dont ton âme est guidée
Par la droite raison.

Signe de chaste vie
C'est tes beaux sentiments,
Et comme une harmonie
Du ciel, sont tes accents.

Si ta digne parole
Montre tant de pouvoir,
C'est qu'elle a pour idole
Le tranquille devoir.

C'est bien rare à ton âge
Dans ce siècle d'erreurs
De cueillir tel hommage
A dompter tous les cœurs.

Mais la haute puissance
Te créa pour aimer,
Tu tiens d'amour l'essence
A lui tu dois céder.

Prépare toi déesse
A son plus doux transport,
Et cette sainte ivresse
Je la sens à ton sort.

Luigi Acquarone.

LE SECRET

Dédié à Mademoiselle Hélène Ch.

Tout on peut dire en ce bas monde
Quand on veut bien être discret,
Mais il faut l'âme que je confonde
A vouloir dire un doux secret.

Dernierement il prit sa place
Avec des autres au fond du cœur,
Et je ne crois plus qu'il s'efface
Quoiqu'il n'espère pas de bonheur.

Si tout secret silence impose
Le mien aussi ne se dit pas,
Si je le cache, c'est qu'il m'expose
Tout seul à faire un mauvais pas.

Pourtant à vous, Mademoiselle,
Je voudrais bien le confier,

Si vous n'étiez pas aussi belle,
Et si j'avais raison d'oser.

Dans le jardin de notre vie
Vous, jeune plante, fleur d'aujourd'hui,
Moi branche faible, à moitié pâlie,
Ah ! non, jamais mon secret fuit.

LUIGI ACQUARONE.

LE NID ABANDONNÉ

Dédié à ma fille Marie, après son mariage.

L'oiseau s'est envolé, la fillette est partie,
Et dans le nid désert, et le foyer eteint
Il ne reste plus rien !
Les quelques souvenirs, de côté recueillis
Ne comblent pas le vide que l'enfant a laissé
En prenant la volée !

Leur doux gazouillement n'éveille plus l'écho
Que faisait résonner leur joyeuse chanson,
Et que nous écoutions
Avec tant de plaisir ! Hélas partis trop tôt
La fillette et l'oiseau, loin de nos froids pays
Pour bien longtemps ont fui !

Le soleil radieux s'est éteint dans nos cœurs
Pour suivre les époux au travers les espaces
Et partout où ils passent.
Le Ciel se fait plus bleu, afin que leur bonheur
D'un rayon printanier s'eclaire vivement
En durant bien longtemps.

Oh ! revenez bien vite, fillette et oiseau,
Ramenez avec vous, et la joie et la vie
Que vous avez ravies !

Ne vous envolez plus, ne montez plus si haut,
Pour planer dans les airs ; redescendez un peu
Près de nous, tous les deux

(*Février 90*) MYOSOTIS.

UN ÉCHO DU CANTIQUE DES CANTIQUES

« L'avez-vous vu, douces compagnes,
L'avez-vu l'amant cheri ?
Je le cherche et sur nos montagnes
Et sur les coteaux d'Engaddi.

« Peut-être à present il repose
A l'ombre des lilas en fleurs...
Ou sur son front pend une rose
Dont il éclipse les couleurs.

« Je suis brune, mais je suis belle,
Comme les tentes de Cédar ..
Sur mon front pur l'or étincelle
Et mes vergers sont pleins de nard...

« Je veux un baiser de ta bouche,
Viens vite, accours mon bien-aimé !
Ton lit de myrrhe est parfumé,
De fleurs, moi, j'ai seme ma couche.

« L'avez-vous vu sous les treillis
Celui qu'aime et cherche mon âme ?
Son troupeau paît parmi les lis,
Son œil est doux comme la flamme.

« Il est plus beau que l'or d'Ophir,
Plus pur, plus vermeil que l'aurore ;
Et le palmier du haut Sanir
A sa taille le cede encore.

« Reviens vite, ô mon bien-aimé,
Je veux un baiser de ta bouche...
Ton lit de myrrhe est parfumé,
De fleurs, moi, j'ai paré ma couche.

« L'avez-vous vu l'amant chéri ?
L'avez-vous vu, douces compagnes,
Je le cherche et sur nos montagnes
Et sur les coteaux d'Engaddi. »

O. POTUT.

INVITATION A UN AMI

Dissolve frigus, ligna super foco
large reponens... (HOR.)

Que de froid !... ma vitre scintille,
La nature est sous les frimas ;
Viens autour du feu qui pétille,
Te livrer aux joyeux ébats. .

Point n'ai d'argent sur mes aiguières,
Je n'ai pas de lambris dorés ;
On ne dort point dans nos chaumieres
Sous de frais rideaux azurés ;

Mais la nuit est douce et paisible,
Rien ne vient en troubler le cours ;
Chez nous point de rêve pénible
Comme ceux qu'on fait dans les Cours...

A mon foyer l'on y tisonne
Tout en riant de l'avenir ;
Parfois aussi l'on y chansonne :
Chanter, c'est cesser de souffrir.

Ma large coupe enchanteresse
S'emplit du vin de mes celliers ;

On puise aux sources de l'ivrese :
Adieu chagrins, soucis altiers !...

Laisse là ta ville importune,
L'ennui, les soins et les tracas ;
Le repos vaut bien la fortune,
Il a pour moi bien des appâts...

Du bonheur, âme sérieuse,
Pourquoi déserter les autels ?
La paix pour tous est précieuse :
C'est le seul trésor des mortels...

Viens voir nos mines éveillées,
Quitte un monde qui fait pitié ;
Viens prendre part à nos veillées
Et les parfumer d'amitie

(*Mai 90*) ONÉSIME POTUT.

L'ANE DU VILLAGEOIS

« Riez, Messieurs ! J'aime mon âne
Mon âne est tout mon gagne-pain ;
Qu'on moissonne, vendange, ou fane,
Mon âne est toujours sous ma main...

Il va de la ville au village,
Me répond au nom de Câlin ;
Câlin me suit, soumis et sage,
Aux champs, à la vigne, au moulin...

Oh ! qu'il est fin quoiqu'on en dise,
Mon pauvre et delicat grison !
Il a, Messieurs, sous sa peau grise
Du goût, du tact, de la raison.

Essayez de force ou de ruse

A lui donner mauvais festin,
Vous verrez si l'ami refuse
Et jeûne du soir au matin...

Bien qu'il n'ait pas belles oreilles,
L'accent des plus harmonieux .
Sans être une des sept merveilles,
Il n'en est pas moins précieux.

Si parfois sa fierté s'indigne,
Si le chardon est son régal,
Mon Câlin à tout se résigne
Car il est souffrant et frugal...

Que d'ânes à courtes oreilles,
Qui n'en ont point les qualités !
Que mon Câlin crierait merveilles
S'il connaissait leurs vanités...

Sus, mon grison ! va, sus, ma bête !
Transportons nos choux au marché...
S'il vient un fat a folle tête,
Dis-lui tout bas : « Sot tout craché ! »

Tu n'es point si fort hébétée...
Etourdis-moi ce fier quidam ;
Chante un refrain à sa portée,
Crie à ce fat : hiham ! hiham ! ! »

(Mai 1890) O. POTUT.

ALL'OMBRA DEI CIPRESSI

RÊVERIE

Salut printemps, salut belle nature
Saison d'amour écho d'un souvenir,
Mon cœur brisé pleure une créature

Je l'adorais, elle était l'avenir
Comme aujourd'hui l'oiseau dans le feuillage
Disait aux fleurs rien n'est vrai sans amour
Sous les cypres dans un petit village,
Tout mon bonheur est perdu sans retour.

Je m'enivrais à sa voix de Sirène
Buvant l'amour aux doux feux de ses yeux
Destin fatal tu brisas notre chaîne
A tant d'ivresse il fallût dire adieu.
Oiseau chéri redis dans le feuillage
Pour être heureux rien n'est plus sans amour
Je vais mourir dans ce petit village,
Sur nos cypres viens gazouiller toujours.

TIGOVA CAPONITE.

L'ÉTÉ

SONNET

A l'ombre des grands bois j'aime à venir m'asseoir
Savourant de la brise, à l'indiscrète haleine,
Le souffle parfumé qu'elle exhale le soir,
Agitant de son vol la cîme du grand chêne.

D'un murmure plaintif et qui s'entend à peine,
Là, coule un frais ruisseau au limpide miroir,
Et sur sa rive en fleur qui sillonne la plaine,
Le pâtre tout joyeux rêve d'amour, d'espoir.

Dans les Champs tout dorés, comme l'éclair qui brille,
Le moissonneur gaiement agite sa faucille ;
La joie est dans les cœurs, le vin coule à plein bord.

Dans les sillons poudreux se couche la javelle

Qui lentement grossit, en gerbes s'amoncelle ;
C'est la saison des blés, la saison des blés d'or.

(*Mai 1890*) J. Moulinet.

LE PRINTEMPS

SONNET

Dans l'azur embaumé, à l'aurore nouvelle,
Saluons le Printemps, saluons les beaux jours ;
Tout s'aime, tout sourit, brille, se renouvelle,
C'est la saison des fleurs, la saison des amours.

Les oiseaux dans les airs, la noble Philomèle,
Modulent de doux chants qui renaissent toujours ;
Dans ces grands bois ombreux, silencieux séjours,
Chante amoureusement la douce tourterelle.

Et les accords lointains du joyeux laboureur
Font retentir l'echo de son chant de bonheur.
Effeuillons une fleur, célébrons le Printemps.

Si courte est la saison, si vite évanouie
Est la brise du cœur ou rayonne la vie ;
La rose est éphémère et l'amour n'a qu'un temps.

(*Mai 1890*) J. Moulinet.

L'HIVER

SONNET

La nature est en deuil ; plus de fleurs, plus de charmes ;
C'est l'heure des frimas, c'est la fin des beaux jours,
Les regrets du printemps et l'heure des alarmes,
Le ciel pur et serein ne peut durer toujours.

La cruelle saison a préparé ses armes :
Tous les nids sont déserts, en de lointains séjours.
L'hirondelle s'envole et, parfois, plein de larmes,
Le cœur songe au passé, au beau temps des amours.

Les champs sont denudés ; le ruisseau dans les bois
S'écoule en mugissant et le cerf aux abois
Cherche un refuge au loin, il s'élance et frissonne ;

La neige dans les airs en flocons tourbillonne,
La saison des beaux jours est morte pour longtemps
Hélas ! reviendrez-vous belles fleurs de vingt ans ?

(*Mai 1890*) J. MOULINET.

LE BAISER

Tout ici bas n'a qu'un nom : le Baiser.
T. DE BANVILLE.

Le baiser, c'est la brise
Caressant doucement
L'eau qui coule en dormant,
Le baiser, c'est la brise.

C'est le vent dans les bois
Agitant la ramure,
C'est sa voix qui murmure,
C'est le vent dans les bois.

C'est Phébus dans la plaine
Dorant les blonds épis,
Quelles fleurs, quel tapis !
C'est Phebus dans la plaine.

Le baiser, c'est l'oiseau
Et sa chanson nouvelle,
C'est le nid qui l'appelle,
Le baiser, c'est l'oiseau.

C'est le flot blanc d'écume
Polissant les galets,
Qui les rend violets ?
C'est le flot blanc d'écume.

C'est dans un ciel d'azur
La scintillante étoile,
Qui jamais ne se voile
Quand le ciel est d'azur.

C'est aussi la rosée
Diamantant la fleur,
Lui donnant sa fraîcheur,
C'est aussi la rosée.

Le baiser, c'est l'amour,
C'est tout ce qu'on envie,
C'est la santé, la vie,
Le baiser, c'est l'amour.

(*Août 1888*) GEORGES BERTRAND.

SALMIGONDIS

A ma mère.

Ah ! qui peut se vanter d'être toujours le même ?
Chacun a ses humeurs, rien n'est stable ici-bas ;
Nous rions, nous chantons, c'est un plaisir extrême !
Soudain le pied vous glisse et l'on fait un faux pas.

La Muse est comme nous, elle a sa fantaisie,
Et parfois prend un air et joyeux et bouffon ;
Elle ne peut toujours nous verser l'ambroisie,
Elle se met à rire et tend le carafon.

C'est ainsi qu'aujourd'hui, lui disant : O ma Muse,
Dicte-moi donc un chant qui soit tendre et fleuri,

Elle dit : « Prends ta plume et si cela t'amuse
Ecris en badinant. » tiens ! c'est un pot-pourri.

Après tout, que lui dire ? elle aime, un jour de fête,
A rire étourdiment, elle qui, très souvent,
Se recueille dans l'ombre. Oh ! dites-vous, c'est bête
De changer tour à tour comme change le vent.

C'est dit, ecoutons-là ; si sa voix est bouffonne,
S'il lui plaît maintenant de prendre un autre ton.
Ma foi, je n'y peux rien, elle dicte, elle ordonne,
Je dois chanter malgré tous les qu'en dira-t-on.

C'est pourquoi subissant sa gaîté, sa manie
De chanter, de pleurer, de rimer de travers,
Je m'aperçois trop tard qu'il manque l'harmonie,
L'élégance et la forme a ces quatrains divers

Et puis, je vous entends : le titre du poeme ?
L'ai-je donc oublié ?... je suis comme un toton
Qui tourne, oui, qui tourne et revient sur lui-même.
Riez, si vous voulez. — *Le Bonnet de Coton.*

Quel sujet singulier, drolatique et bizarre,
Oui, c'est vrai, j'en conviens ; mais on a tout chanté,
Il ne reste plus rien, pour moi, qui suis ignare,
Vaut mieux être amusant que profond sans clarté.

O bonnet de coton ! se peut-il que personne
Ne t'ait jamais vanté ? toi si chaud, si douillet,
O plaisant couvre-chef dont la meche fleuronne
Et se dresse gaiement, tel qu'un superbe œillet.

Stupéfiant bonnet, casque à mèche, ô merveille
Que le dormeur étreint quoiqu'étant endormi,
Il t'aime et le matin, aussitôt qu'il s'eveille,
Se décoiffant il dit : à ce soir, mon ami

O cher bonnet de nuit, si plaisant, si commode,
Si moelleux, si doux, moi, je te trouve beau :

Oui, toujours tu vivras, tu seras à la mode,
Car par l'air froid des nuits tu couvres le cerveau.

Ah ! cessez, dites-vous, ce trop long badinage,
Ne pouviez-vous être onctueux et touchant ?
Pour bavarder ainsi votre esprit déménage,
Au diable le bonnet qu'on met en se couchant !

Mère, pardonne-moi cette bouffonnerie,
Mais, je l'ai dit, la Muse est folle quelquefois,
Elle chante, elle chante, et son étourderie
La détourne des champs, des sentiers et des bois.

Que de bouquets charmants, que de fleurs parfumées :
Laquelle offrir... le lis ?... il est trop tôt flétri,
Le jasmin ou la rose ?. . oh ! ces fleurs renommées
Se fanent ; j'offre un pot — et c'est un pot-pourri !

(Août 83) GEORGES BERTRAND.

LE BOUQUET DE ROSES

A Mlle J. B.

Que j'aime à t'admirer brillant bouquet de roses
Dans mon petit pot bleu que tu viens embellir,
Où, du soir au matin, tes fleurs sont plus écloses,
Qui n'étaient que boutons avant de les cueillir !

Tu n'avais pas alors la senteur délectable
Qui rehausse l'éclat de ta grande beauté,
Mais tu portais déjà ce charme incomparable,
Qui sur tout le jardin te donne primauté.

Aujourd'hui te voilà dans ta magnificence ;
Ton parfum caressant me fait rêver d'amour ;
Je m'embaume et m'enivre à ta seule présence,
Et je suis ébloui comme au lever du jour.

Celle qui te cueillit sur l'épineuse tige,
Et qui sut t'assembler en ce joint gracieux
Semble t'avoir donné l'indomptable prestige
Qu'épandent les regards brûlants de ses beaux yeux.

Gentil petit bouquet, présent de mon amie,
Reste toujours ainsi pour charmer mes loisirs,
Car je crois voir en toi le rêve de ma vie :
« Le cœur de mon doux ange accueillant mes désirs. »

FRANCISQUE DUMONT.

MES APPRÉCIATIONS SUR BOILEAU

OU LE NAIN CRITIQUE LE GÉANT

Boileau était un bien grand poète
Mais il écrasait l'homme le plus honnête,
Quand celui-ci par malheur avait l'audace
De solliciter des faveurs au Parnasse

Egoïste et méchant il le voulait tout pour lui
Son cœur était tari de l'amour d'autrui.
Il ne sentait point ce sentiment sublime ;
Lui seul être grand, les autres à l'abîme !

Cependant Bonaparte, illustre général,
Aimait le soldat comme le caporal,
Et puisque nous sommes faits de la même argile,
Pourquoi sur le prochain déverser notre bile !

C'est ce que faisait le favorisé Boileau,
Tous les petits poetes il les jetait dans l'eau.
Si Bonaparte avait fait ainsi de ses soldats,
Comment aurait-il brille dans tous ses combats ?

Le très honorable Evariste Carrance,
Qui, autant que Boileau a du talent,

Ce qui l'établit, le prouve, c'est Coriolan,
Apprécié par les lettrés éminents de France.

Hé bien ! lui, ne nous jette pas dans l'eau
Comme le faisait le despote Boileau.
Il fait des appels, invite aux concours,
Tous les divers poètes et les troubadours.

A son appel, chacun fournit ce qu'il a de science
Qu'il apprécie ensuite en bonne conscience
Avec son comité. Chacun reçoit selon son mérite
La récompense qui lui est dûe par suite.
Et par le fait de son idée géniale,
Chacun concourt à l'œuvre générale
La décentralisation.

Désormais dans le volume : Les Chansons de l'Atre,
Chacun verra son œuvre dont il est idolâtre,
Et ce volume sera de même qu'un bouquet
Composé de pièces de divers, choisies et complet.
Autre satifaction.

Avoir beaucoup de génie c'est beau
C'était la part du poète Boileau.
Mais avec le génie il faut de l'âme, de la conscience,
Tel est le lot honorable d'Evariste Carrance.
Et telle est ma conclusion.

Soucaze.

AUX LITTÉRATEURS DU 44me CONCOURS

Poètes valeureux, forgez vos plus beaux vers :
Il s'agit de gagner la suprême bataille,
Si vous ne voulez pas de la belle médaille
Aux deux côtés brillants, ne voir que le revers !...

A. Bazelaire.

SÉJOUR D'ÉLECTION

Que nous faut-il pour être heureux ? La paix
Goûtée au fond de quelque solitude,
Avec les fruits bienfaisants de l'étude
A la montagne, au sein des bois épais.

On y vivrait assez longtemps seul ; mais
Quand un cœur d'or, plein de sollicitude,
De l'amitié vous fait une habitude,
Ah ! qu'on voudrait ne s'en aller jamais !

Indépendant je n'aurais qu'une envie :
Borner ici l'horizon de ma vie,
Et je m'en vais, esclave du devoir.

Je reviendrai du moins, belle retraite,
Car si ton hôte avec bonté me traite,
Plus on te voit plus on veut te revoir.

EMILE VIALLET.

L'ECOLE DE MOUGINS

20 JANVIER 1890

A. M.

Je vois de mon bureau, le clocher du village
Et la cime des toits
Des ormes dépouillés de leur sombre feuillage
Tristes et toujours droits.

Je vois les prés verdir, le berger y conduire
Son innocent troupeau
La houlette à la main les empêche de fuire
Trop loin de leur berceau.

Je vois de grands cyprès ombrager la chapelle
Sanctuaire béni,

Sa coupole argentée ciselée de dentelle
Parler de l'infini.

Je vois venir à moi fraîche comme la rose
Une troupe d'enfants
Reprendre leurs leçons, la bouche demi-close ;
Se placer sur leurs bancs.

Restez, cheres brebis, laissez-moi vous conduire
Quelques années encor
Mon cœur vous est acquis et voudrait faire luire
Sur vous l'étoile d'or.

Pour prix de tant d'amour, mes bien chères élèves,
Gardez mon souvenir.
En formant votre cœur, je n'ai pour vous de rêve
Qu'un heureux avenir.

HENRY GIRAUD, *Institutrice.*

LES GIROUETTES

Une girouette,
Que le vent fouette,
Tourne du sud au nord.
D'autres sont à l'ouest ou ne sont pas d'accord,
D'autres ne bougent point ; les vents et la tempête
Ne font mouvoir leur tête.
Quelqu'un dit : je n'y comprends rien,
Laquelle indique bien ?

Quest-ce que cela signifie
Me dira-t-on ? ... écoutez : on se fie
A des gens éhontés,
Sans foi, tournant de tous cotés,
Or, savez-vous comment on les appelle

Ceux qu'ici je marque et flagelle ?
Ce sont nos Députés !

(*Mars 1884*) GEORGES BERTRAND.

L'ENFANT DÉROBÉ, LA MÈRE PERDUE

Par une nuit d'hiver, par le froid percluse, réduite,
Une femme avec son petit enfant fruit de son amour
Sur une route gisaient. Un peu avant le jour
Un saltimbanque voyageant avec sa suite
Les recueillit La femme évanouie, sans espoir
De la rappeler à la vie , les mit dans sa voiture
Et continua sa route. Arrivé sur le soir
Dans la ville, il se dirigea vers la Préfecture
Sollicita et obtint son admission à l'hôpital.
De cette troupe de saltimbanques l'emoi fut général
Quand elle s'aperçut qu'un personnage des leurs
Avait disparu et c'était un des meilleurs
Ainsi que l'enfant de la femme percluse.
Le disparu s'appelait Adolphe Chanseuse.
La troupe s'installa, donna des representations
Mais nous allons la laisser à ses opérations.

Quand de cette femme percluse Chanseuse s'approche,
Il remarque qu'à son bras pendait une sacoche
Il s'en empara avec dextérité et adroitement
Voilà pourquoi de la troupe il déserta prestement.

La sacoche contenait une somme de douze mille francs
Chanseuse n'avait pas encore de cheveux blancs
Ambitieux, intelligent, mais du reste tres honnête,
Il se dit : Cet argent ne m'appartient pas
Mais le propriétaire dans l'état où elle est, hélas !
Va s'embarquer bientôt vers un autre royaume
En maître je pourrais disposer de la somme !

Mais j'ai du cœur et excellente conscience
Je dois la faire produire utilisant ma science
Pour que cet enfant, fruit, issu de l'amour
Puisse la retrouver plus que complète un jour.

« Mon maître Rigolot qui n'est pas un prud'homme
« S'emparerait du mioche et aussi de la somme ;
« De l'enfant il ne ferait qu'un maigre domestique
« Moi, j'en ferai un sujet pour la République.
« Il faut que je déguerpisse de suite en arrivant
« Pendant qu'ils travailleront à leur campement.
« Sans doute ils s'apercevront bientôt de mon absence,
« Mais alors j'aurai fait beaucoup de chemin
« Emportant sur mon dos le petit gamin
« Que j'élèverai pour ma patrie, la France. »

La voiture roulant, ainsi raisonnait Chanseuse.
Elle s'arrête, déguerpit, se dirige vers la ville lumineuse ;
Arrivé à Paris, il va trouver un bien digne notaire
Pour y placer sur créance valable, hypothécaire
La somme ronde de dix mille francs ;
Et avec le reste, soit deux mille francs
Il monta un théâtre ; oh ! théâtre de marionnettes
Dans tous les rangs, il y a des gens honnêtes.
Il joua ses rôles si intelligemment, si bien
Qu'il décupla dans peu le bien de l'orphelin.

Chanseuse était homme d'ordre, aimant l'économie,
Il se passait de perruquier laissait pousser sa barbe
Plein d'amour pour son pupile qui faisait sa joie, sa vie
Quand il fut en âge, il le plaça au college Sainte-Barbe.

Moise était son nom, intelligent, devint sérieux élève
Ses professeurs avaient bonne opinion de lui
Et Chanseuse faisait pour lui le plus beau rêve
Après quinze ans d'études il brille dans sa thèse
[aujourd'hui.]

Mais avant de se lancer dans quelque carrière
Il voulait savoir ce que le destin avait fait de sa mère :
A son père adoptif il confia son intime secret
Celui-ci approuva ce digne si noble projet.

Il voulut même l'aider dans ses recherches honnêtes
Emmena avec eux son théâtre de marionnettes,
Prétendant qu'en donnant quelques représentations
Il l'aiderait beaucoup dans ses nobles investigations.

Ils partirent ; se dirigeant directement sur le point
Ou, avec sa mere percluse, avaient trouvés sur la route.
Arrivés là, ils disent : hélas ! ici nous n'avons point
Ce qu'il nous faut, nous n'avons pas la clé de la voûte.

Continuant leur route, ils arrivent dans la ville
A l'hôpital de laquelle fut établi, de la mere le domicile
Où sans le savoir et bien inconsciemment
Cette mère perdit son amour, son cher enfant.

Si elle ne succomba pas à cette terrible crise
Qu'elle dût être sa douleur dit Moise,
En ne trouvant pas près d'elle son enfant
Peut-on imaginer un chagrin plus poignant !

O mere infortunée, ton fils te réclame !
Dieu puissant, vers vous j'élève mon âme
Faites moi retrouver celle qui me donna le jour
Que je puisse l'embrasser, lui temoigner mon amour.

Chanseuse l'écoutant ne pouvait retenir ses larmes
Il admirait dans son pupile l'amour et ses charmes
Tout en sanglottant l'embrassa et lui dit :
Il ne faut pas désespérer le grand maître l'a écrit.

J'ai la conviction que nous la retrouverons
D'abord, à l'hôpital allons prendre informations
Ils y furent ; et après recherche minutieuse
Ils trouvèrent dans un registre cette note precieuse :

L'an mil huit cent le dix décembre, une femme inconnue
Fut admise d'urgence dans cet établissement ;
Le temps était affreux, la neige tombait drue,
Elle était gelée, percluse completement.

Le médecin de service appelé instamment
Lui prodigua des soins qui la rappelèrent à la vie
Revenue à elle, aussitôt réclama son enfant
Elle déclara aussi se nommer Sophie.

Plus de doute, c'était elle ! s'écria Moïse il la faut trouver.
Oui repartit Chanseuse ,j'ai mon lièvre il faut le lever :
A sa sortie de l'hôpital elle dût aller aussitôt
Trouver le saltimbanque, maître Rigolot,
Car c'est lui qui l'avait recueillie sur la route
Elle dût prendre des informations sans doute,
Pensant avec raison qu'il aurait retenu son enfant
Et maître Rigolot dût penser, en la reconnaissant :
Voici un moyen d'ètre payé de ma peine.
Si elle riche, elle me donnera bonne étrenne.
En tout cas c'est vers lui que nous devons diriger nos pas
Mais avant tout, maintenant, il faut faire un repas,
Puis, nous parcourons la ville et ce serait grand hasard
Qu'il n'y eût des saltimbanques ici quelque part.

Ils arrivèrent dans une hôtellerie dans laquelle
On entrait par la cour, où ils remarquerent une voiture
Grande comme un omnibus et sur sa devanture
Ce nom : Rigolot ! ce fut pour eux une merveille.

Ils prirent leur repas que leur servit une demoiselle
En leur disant : Aujourd'hui une grande représentation
Aura lieu à deux heures sur la place de la citadelle
Une reine des Hottentots sera en exhibition.

A deux heures ils se rendirent à cette représentation
Chanseuse éprouva bien grande satisfaction
En reconnaissant Rigolot, son ancien maître,

De qui il ne voulut point se faire connaître.

Moise impatient, le questionnait du regard
Chanseuse lui dit tout bas, c'est bien lui le gaillard !
Patience, il faut voir cette reine merveille
Ensuite nous ferons ce que raison conseille.

La toile se leve : on aperçoit dans une cage
La reine des Hottentots qu'on dit antropophage
Le maître l'en fit sortir pour la montrer à l'assemblée
Elle fit quelques pas d'une demarche assurée
Puis s'arrêta, roulant ses yeux hagards sur l'auditoire
Puis les fixa sur une personne qui dans sa mémoire
Produisit sur elle un si étrange et si pénible effet,
Qu'elle ne voulut continuer le rôle qu'elle avait.

Son maître en courroux du fouet la menace,
Alors dans un elan d'indignation d'audace
Elle dit : Sans doute parmi vous, il y a des hommes de [cœur]
Depuis vingt ans hélas ! retenue ici par la terreur
Que m'inspire cet homme qui vient de me menacer
Je fais appel a votre courage pour me delivrer ;
Il me force à jouer un rôle qui m'avilit, me deshonore
Sous prétexte qu'il me rendra l'enfant que je pleure [encore !]

A ces mots, d'un bond, Moise sauta sur la scene
Jamais émotion plus sensible, plus humaine !
Dans ses bras vigoureux il enlace sa mère
Est-ce rêve ou réalité ! c'est la vérité sincere.

Merci mon Dieu ! de me l'avoir rendu.
Il y a vingt ans helas que je l'avais perdu
O mon fils est-ce bien toi qui me presse dans tes bras ?
Oui mère chérie, que tu as dû souffrir helas !
La toile tombe.

Témoin de cette scène d'amour inouie
Une jeune demoiselle s'étant évanouie
On la transporta à la pharmacie voisine
Où bientôt notre héros et notre héroine
Se trouvèrent ensemble réunis.
La reine des Hottentots avait changé de visage
Et aussi de costume, heureuse d'avoir son fils
Cette circonstance fit naître un projet de mariage.

A quelque temps de là, à la ferme du Turon
Se trouvaient réunis pour assister à l'union
De Moise, fils de Sophie, avec Blanche de Renau
Tous les parents, tous les amis et habitants du hameau.
En tout plus de cinq cents personnes
Toutes joyeuses, charmantes et bonnes,
Célébraient gaiement cette brillante fête.
Etaient aussi des convives, Madame la Préfète.

SOUCAZE.

A EUGÉNIE COCHET

Lorsque tout fut creé Dieu dit à l'humble étoile :
Envoie un doux brillant au monde réjoui...
Au soleil : illumine et sois mon divin voile
A l'amour : éblouis !

F. DAVID.

CROYANCE

Je ne suis pas de ceux qui ne croient pas à l'âme
De ceux, qui sans savoir rejettent l'azur bleu.
Mais, je crois à ce ciel que l'église proclame
Je ne crois pas au prêtre ; ô ! mais je crois en Dieu.

F. DAVID.

AU SOLEIL

Astre brillant ! roi de la voûte celeste éthérée
Par toi la nature brillante poudrée
Tu es le plus grand prince de la création
La Lune, les étoiles peuplent ta nation.

SOUCAZE.

LE PETIT PAIN

Jean Laficelle, un gros lourdaud
Avec cet air, bête et faraud,
Que l'on prête aux coqs de village,
Se promenait le nez au vent
Et jetait un regard fervent
A chaque pompeux étalage.

Le canon du Palais-Royal
Allait tonner le vieux signal
Que les Tabarin de rencontre,
Les ramolis et les pompons,
Attendent comme des crampons
Afin de remonter leur montre !

Jean Laficelle était venu
De Clairac, un pays chenu
De la plantureuse gascogne,
Où les femmes et les pruneaux
Donnent des appétits nouveaux
Ainsi qu'une rude besogne !

Un fier gars notre Clairacais,
Moitié bourgeois, moitié laquais
Sous une mine un peu bourgeoise !
Il venait de toucher , ma foi,
De quoi vivre heureux comme un roi
Trente louis d'un héritage !

Depuis huit heures du matin
Il gardait son riche butin
Sous son bougeron du dimanche,
Et vous comprenez qu'il portait
Sous cette blouse de droguet
De temps en temps, une main franche !

On est si voleur à Paris,
La ville des jeux et des cris
Du crime et... de la bagatelle...
Mais le magot, c'etait certain
Ne sortirait pas de la main
De notre ami Jean Laficelle !

D'ailleurs, il ne tarderait pas,
A diriger ses deux compas
Vers la gare où le train s'apprête ;
Et, possesseur d'un capital
Revoir le vieux clocher natal
C'était à perdre un peu la tête !

Comme il allait être reçu,
Lui, qui passait inaperçu
Dans ce Paris que l'on admire ?
Comme il allait, en verité,
Parler en toute liberté
Lui qui ne trouvait rien à dire !

Et Fanchon ! La grosse fanchon
Qu'il portait à califourchon
Comme un sac de pommes de terre !
Et Bertrande au museau futé
Pleine de charme et de gaieté,
Et Françoise... et la ville entiere !

Oui, tout Clairac allait venir
Pour écouter et retenir
Le contenu de son programme.

Il allait, aimable orateur,
Raconter ce Paris flaneur
De la Villette à Notre-Dame !

Paris ressemblait à Clairac.
Jean Laficelle, avec son sac,
Avait traversé la grand-ville.
Il avait tout vu, tout appris
Clairac ressemblait à Paris
Mais etait... un peu plus tranquille !

Et voilà tout à coup, brutal,
Le canon du palais-royal
Qui se met à tonner, farouche ;
Jean Laficelle, en ce moment,
Exprime un peu d'étonnement
En ouvrant une enorme bouche !

Et quelle bouche ! O ciel ! un four
A faire réfléchir Véfour !
Une bouche monumentale,
Faite sans rime et sans raison
Qui s'ouvrait comme une prison...
Comme devait l'ouvrir Tantale !

Tant qu'il songeait à ses amours,
A Fanchon qui régnait toujours
Dans son cœur et dans sa cervelle
L'estomac, qui n'est pas un sot,
Venait livrer un rude assaut
A ce pauvre Jean Laficelle !

« J'ai faim » dit-il. Un boulanger
Devait calmer ce gros danger,
Mais notre ami tres économe
Un peu rapace et grippe-sou
Achète un petit pain d'un sou
Qui disparaît comme un atôme !

O petit pain simple et doré,
Petit pain, tendre préféré
De l'humble et charmante fillette ;
Toi que l'on croque en trottinant
Comme tu dùs frémir, devant
Cette bouche effroyable et bête !

Et comme tu devais parbleu,
Prenant à témoin le ciel bleu
Et les petites dents d'ivoire,
Te venger de ce Clairacais
Qui t'avalait comme un laquais
Sans même s'arrêter pour boire !

Brusquement, le fils de Clairac
Eut le pressentiment d'un « trac »
Et sentit au fond de lui même
Comme un étrange effarement
Qui le fit marcher vivement
Pour avoir le mot du probleme !

A Clairac, le noble pruneau
Produit l'effet du vin nouveau
Murmurait Jean courant plus vite ;
A Paris, le fait est certain,
Il suffit d'acheter un pain
Et l'effet se produit de suite !

Et Jean, toujours plus effaré,
Cherchait d'un regard égaré
L'endroit secret que nul ne nomme
Mais que manœuvre et grand seigneur
Cherchent, avec la même ardeur,
A Paris aussi bien qu'à Rome !

Enfin, le Dieu des Clairacais
Sous les traits d'un bonhomme épais,
Voyant courir Jean Laficelle

Se douta de la vérité
Et désigna, plein de bonté,
Le réduit jusqu'alors rebelle !

Ce fut pour Jean le ciel ouvert
Il y penétra découvert,
Haletant, le front tout en nage !
Il sortit en triomphateur
Et dans la main du « receleur »
Il mit un sou comme un doux gage !

« C'est trois sous » dit le préposé
— Trois sous ? fit Jean bien reposé
Payant quand même avec colere !
« Mon bonhomme vous êtes fou,
« Pour faire rendre un pain d'un sou
« Vous prenez pour la « miche » entière !

(*Février 1887*) ÉVARISTE CARRANCE.

TABLE DES MATIÈRES

CONTENUES DANS LE VOLUME « LES CHANSONS DE L'ATRE »

CORIOLAN

Drame en cinq actes, de Shakespeare

Traduit en vers français par

EVARISTE CARRANCE

Officier de l'Instruction publique

C'est toujours une entreprise difficile qu'une traduction de Shakespeare : quelle langue poétique est capable de reproduire l'aspect multiple de ces drames profondément humains ? on comprend cependant qu'un poète se laisse tenter par leur grandeur même — peut-être aussi par la difficulté d'en fixer la physionomie changeante. M. Evariste Carrance, un dévot de Shakespeare, nous présente aujourd'hui une traduction en vers français de *Coriolan :* l'audace était grande, mais s'il est vrai que le succès est toujours la meilleure des excuses M. Evariste Carrance se trouve pleinement excusé. Sa traduction serre de près l'original — autant du moins que le permettent notre poétique, parfois exclusive, et le génie si différent des deux langues. Plusieurs scènes de cet admirable drame ont une grandeur épique que la traduction reproduit avec autant de fidelité que d'accent personnel et d'inspiration : les initiés pourront seuls comprendre quels efforts et quel talent il a fallu dépenser pour conserver au drame anglais sa physionomie véritable, pour être exact sans paraître bizarre ou extravagant, pour faire passer dans une langue souvent rebelle des beautés qui choquent ou qui déconcertent notre goût M. Carrance a été guide par son instinct d'artiste et sa traduction de *Coriolan*, toujours fidèle à l'original, sait s'en détacher quand il le faut. C'est une œuvre de goût en même temps qu'un pieux hommage à Shakespeare. L'auteur a su rendre la merveilleuse varieté de son modèle Il a fait preuve d'une souplesse de talent qui n'est pas l'un des moindres mérites de son livre.

Il y a peu d'œuvres du grand Will qui soient en effet plus variées que *Coriolan*. Quelle réalité dans tous ces personnages ? Comme ils donnent tous la sensation de la vie, depuis le héros même du drame, figure hautaine, faite d'orgueil, de morgue patricienne et d'audace, depuis ce grand Ménénius, incarnation de la sagesse antique, depuis Volumnia, cette vraie mère, sacrifiant son amour maternel à l'intérêt plus haut de la patrie, jusqu'à ces personnages de second plan ; bien vivants, eux aussi, ces tribuns féroces et jaloux, ces conspirateurs aux gages d'Aufidius, âmes basses et cervelles vides, ces soldats enfin, débraillés et cyniques, qui raillent Ménénius après sa démarche inutile. Tout ce monde parle, agit, se démène, combat, conspire, grouille enfin, et l'ensemble de ces discours, de ces cris, de ces luttes, de ces ruses, forme un drame d'une beauté souveraine, triste comme la vie et complexe comme elle.

Le livre de M. Carrance aura sa place dans la bibliothèque de tout lettré : il vient en son temps, car Shakespeare, mal compris des romantiques, survit à leur débâcle et s'acclimate en France. Nous comprenons enfin que notre goût doit s'élargir et qu'une formule dramatique où ne peuvent entrer des œuvres telle qu'*Hamlet*, la *Tempête* ou *Coriolan* est à rejeter comme étroite ou insuffisante. *Hamlet* est chaque jour sur l'affiche du Théâtre-Français, l'Opéra nous donne la *Tempête*, le public lira *Coriolan* dans la traduction pleine de verve et de talent que nous offre M. Evariste Carrance.

PIERRE LORRIS.

(Extrait de l'*Indépendant de Lot-et-Garonne*)

Lettres de MM. Jules Simon et Victor Duruy à M. Evariste Carrance.

Paris, 8 décembre 1889.

MONSIEUR,

Je ne me permets jamais de dire mon avis, ni même d'exprimer mon admiration aux poètes. Je ne suis qu'un prosateur très prosaïque, et je m'efforce de garder mon rang. Je vous remercie de m'avoir envoyé votre CORIOLAN, et tout ce que je vous en dirai, c'est que je l'ai lu tout entier, après avoir voulu seulement l'entr'ouvrir.

Agréez l'expression de mes meilleurs sentiments.

JULES SIMON.

Paris, 29 decembre 1889.

MONSIEUR,

Lorsque, il y a bien longtemps, j'enseignais l'histoire romaine au Lycée Henry IV, je ne manquais pas de lire à mes éleves quelques fragments du Coriolan et de la mort de César de Shakespeare. J'aurais été heureux d'avoir, alors, votre traduction qui aurait ajouté, à l'intérêt du récit, le charme de vos vers élégants et faciles Mes successeurs en profiteront.

Recevez, Monsieur, toutes mes félicitations

V. DURUY.

www.ingramcontent.com/pod-product-compliance
Ingram Content Group UK Ltd.
Pitfield, Milton Keynes, MK11 3LW, UK
UKHW012034240726
13965UKWH00002B/785

9 782013 186247